◆◇ 中国文学名家小小说精选丛书

陪我看月亮

贾淑玲 著

江西高校出版社
JIANGXI UNIVERSITIES AND COLLEGES PRESS

南 昌

图书在版编目（CIP）数据

陪我看月亮 / 贾淑玲著 . -- 南昌：江西高校出版社 , 2025. 6. -- (中国文学名家小小说精选丛书).

ISBN 978-7-5762-5679-6

Ⅰ . I247.82

中国国家版本馆 CIP 数据核字第 2024US1822 号

责 任 编 辑　江爱霞
装 帧 设 计　夏梓郡

出 版 发 行　江西高校出版社
社　　　　址　江西省南昌市新建区工业二路 508 号
邮 政 编 码　330100
总 编 室 电 话　0791-88504319
销 售 电 话　0791-88505090
网　　　　址　www.juacp.com
印　　　　刷　鸿鹄（唐山）印务有限公司
经　　　　销　全国新华书店
开　　　　本　650 mm×920 mm　1/16
印　　　　张　13
字　　　　数　160 千字
版　　　　次　2025 年 6 月第 1 版
印　　　　次　2025 年 6 月第 1 次印刷
书　　　　号　ISBN 978-7-5762-5679-6
定　　　　价　58.00 元

赣版权登字 -07-2024-956

序言◇三言两语话作品

贾淑玲的小小说作品，细节设计缜密，内涵丰富，传导出精妙的感染力，让人在阅读中产生深层思考。比如她的代表作《祥和镇的怪事儿》(《天池小小说》2011年2期)。

——《祥和镇的怪事儿》　　　黄灵香(《天池小小说》原主编)

名叫面包的歌手，为了梦想，不得不远离家乡，行走在京城，在他乡歌唱，他的歌声里，打上了故乡的烙印，充满了动人的思念。文章质朴，情感真挚，写出了漂泊在外谋生的一代人的心声。

——《黄土高坡》　　　尹利华(编辑、作家、图书策划人)

她要的那种恋人，他不知道该怎么去变成；他不想做绝情人，却一直让她等。爱若丢了灵魂——寂寞、空虚、冷。和自己的女人握个手，就那么难吗？

——《握手》　　　肖晨(文友、音乐人)

每个人都希望走别人没走过的路，看别人没看过的风景；而每个人都在走别人走过的路，看别人看过的风景。你有没有发现，那些与你相向而行的路人，貌似为了遇见，却原来是擦肩而过，渐行渐远……忧伤真的是一种病毒。

——《甩不掉的忧伤》　　　朱雅娟(文友)

在得知绝症后，心底的善良和人性的温和重新归来；而当被告知是诊断错误时，浮躁和举世有争卷土重来。善意的谎言背后，最后仍然是绝症；人生的碎片，于逆境处更美。

  ——《陪我看月亮》   肖淑芹（文友）

可能是青涩懵懂且纯真的校园爱情，也可能是亲密无间的闺密友情……是爱情还是友情？两种，都是滴血且无奈的关爱和痛惜。

  ——《有吉他陪伴的夏天》 马向民（文友）

病人好了，医生病了。很多人都像文中张医生这样，给患者的建议准确而中肯，但事情发生在自己身上，却往往过不了自己心里的那道坎而中枪。无知者所以无畏，人都是自己打倒自己的。

  ——《疾》   临川才子（文友）

贾淑玲的作品，柔韧而有张力，在充满磁力的叙述中，悄然运用多种手法，从而拓展内涵，延伸思想。我们不仅总能在其作品的每一句、每一字中感悟，还可以在欣赏精彩故事的同时，享受一场艺术性与文学性的盛宴。

  ——《陪我看月亮》   吴宏鹏（文友）

生命总是在绽放中得到释放，当人生前无去路，后退无门的时候，恰恰是某个遇见，让命运纯洁完美。

  ——《今夜你会不会来》 崔楸立（文友）

我只能在，心里偷偷地哭；从来不敢，让你看到我的泪眼模糊。有些真相，不敢告诉你；有些假象，你相信了，更好；我只是，好怀念，那晚的月亮……

  ——《陪我看月亮》   肖晨（文友、音乐人）

西瓜和香蕉不是真爱么？ XX 和苹果的结合固然也是幸福的，但和西瓜结合就不幸福么？当然不会，但再真挚的友情最终转化为爱情，只能是排他和单一的，思考中……

——《永远的迷》　　　　马向民（文友）

从苍凉到苦涩，从苦涩到温暖，收放自如，直抵我心。被救者接力赡养，不能让英雄流血再流泪。主题深邃，是一盏照亮心灵的烛光。

——《池塘的风》　　　　肖淑芹（文友）

名不虚传，获奖多次，上过排行榜，果然是具有代表性的作品。祥和镇，一个不祥和的小镇，原来都是因为两个和尚……悬念，悬念，悬念，如此抓人的情节，拍成一部电影，估计能获最佳剧情奖、最佳编剧奖。

——《祥和镇的怪事儿》　　　　肖晨（文友、音乐人）

在巧字上面做文章，用小游戏般的故事，折射出一方风土人情，最后又非常精妙地透出另一层故事，在两个人的相视一笑中结尾，留给读者更向上的想象空间。

——《祥和镇的怪事儿》　　　　崔楸立（文友）

看人下菜碟，以貌取人；人生中，你我皆过客，端正心态，会过得坦然。

——《只要一碗汤面》　　　　肖淑芹（文友）

江湖中的腥风血雨风花雪月，其实离不开"性命"两个字，一把绝世的宝刀让多少人丢了身家性命，一败涂地的不仅仅是江湖的名利和仇恨、亲情，大义在这篇作品中是贺掌柜失去臂膀而换来的。

——《绝命刀》　　　　　崔楸立（文友）

"陪你一起慢慢变老"，这是我们所熟悉的誓言，它却不一定能兑现；"若有一天我死去，请把我葬在你的墓旁"，这属于一种想象状态的痴恋。然而，在爱人的墓碑上，刻上自己的名字，是一种怎样震颤的浪漫！

——《最浪漫的事》　　　　　雷高飞（文友）

每一篇作品都构思巧妙，匠心独具。《祥和镇的怪事》更是构思精巧独到，各种明线暗线织成了一张细密的网，整个过程在不停地抖包袱。结局更是出人意料。可以推荐剧小说，拍成个《微电影》。

——《祥和镇的怪事儿》　　　　　金卉（文友）

CONTENTS
目　录

陪 我 看 月 亮

第一辑

甩不掉的忧伤里

◀ 握　手

男人流浪到小镇上，无处安身，有个女人收留了他。

女人家有几间房子，收拾出一间给他住，告诉他，找到工作后再交房租，当然房租是很便宜的。男人为了能有这样一个栖身之所感到高兴。

男人发现，女人总是戴着手套，从来没见女人摘下过。女人很勤劳，把家收拾得干干净净。男人听别人说，女人的丈夫前几年就去世了。

男人领了第一个月薪水，他买了很多好吃的东西，男人郑重地邀请女人到他的房间去吃饭，女人笑了笑，没答应。

男人急了，男人说："咋啦？怕我的菜里下药怎么的？"

女人摇摇头说："不是的，你也知道我丈夫不在了，我更要与你来往少一点儿，免得别人说闲话。"

男人说："咋啦？现在怕别人说闲话啦，怕别人说闲话，当初为啥还敢收留我？"

女人说:"三间房子,空着也是空着,我看不得别人睡在街上。"

男人说:"你咋就那么信任我呢?你不怕我是坏人?"

女人说:"我从小命就苦,我只是想在别人需要的时候多帮助一下,别的我没想那么多。"

男人是直性子,男人急了,过去就拉女人的手。一拉,把女人的手套拉了下来。这是一只怎样的手啊!右手的手指几乎没有了,像个肉团,男人盯着女人的手愣了。

女人把左手的手套也脱了下来,男人发现,女人的左手手指都粘连在一起,残缺不全。

女人说:"小时候,母亲没注意,我一不小心手滑进了热水锅里,就变成现在这样子了。说实话,我有点儿恨我母亲,恨她平时不怎么照顾我,后来又自作主张,把我嫁给了一个酒鬼。他天天喝酒,喝完酒就拿我出气,最后喝醉了睡在街上,让飞驰过来的车撞了。唉,都不在了,母亲也不在了,恨也就没了。"

男人张着嘴没说话。

女人把手抬起来说:"别看我的手这样,我织的毛衣,不比别人差,很多女人还来找我,向我学织毛衣的花样呢。"

男人说:"怪不得你要收留我,你怕我晚上睡在街上也让车撞了啊?"

女人说:"呸呸呸,单说不吉利的话。"

男人说:"不说不吉利的了,走吧,尝一下我做的菜。"

女人笑着说:"你敢握一下我的手吗?你敢握我的手,我就跟你去。"

男人愣了一下，男人没有去握女人的手，而是直接把女人抱在怀里，女人也没有挣扎，男人就抱得更紧了。

女人在男人怀里一动没动，女人觉得男人宽厚的胸怀很温暖，很安全，这种感觉，她还是第一次有过。

渐渐地，小镇上传着女人与男人的风言风语，他们说女人耐不住寂寞，自己捡了个男人回来。对于这些话，女人只当没听到。又有一次，邻居们坐在那又说起女人来了，男人坐不住了，男人想找他们算账，可被女人拦住了。

女人说："你还能管得住别人的嘴吗？"

男人盯着女人说："那我也不能让你总受委屈啊！"

女人摘下手套，看了看男人，说："你能握一下我的手吗？"

男人看着女人的手，没有去握。男人抱住女人说："我们在一起，那样就不冤枉了，他们爱怎么说就说去吧。"

男人和女人真就住在了一起。他们有时候会一起去买菜，一起去散步，男人还经常帮女人洗衣服、做菜。他们感情非常好，但男人从来没去握过女人的手。渐渐地，邻居们也失去了谈论他们的兴致。

有一次，男人喝醉了酒回来，脸上青青的。

女人问男人："你的脸怎么了？"

男人说："不小心摔了。"

女人打好热水，扶男人上了床，帮男人洗了脸、洗了脚，男人沉沉睡去。

女人又听到了邻居们的议论，不过，这次议论不是关于她和男人的，而是关于男人和修自行车大李的老婆。他们说，那天男人和大李在一起喝酒，大李喝醉了，醒来的时候，看到男人握着大李老婆的手，又摸又捏的，一直不放开。大李狠狠地把男人揍了一顿。

女人对男人说："从来没有男人握过我的手。"

男人低着头说："我那天喝多了。"

女人说："你能握一下我的手吗？"

男人低着头说："我真的是喝多了，你相信我，我什么都没做。"

女人说："我知道你什么都没做，你走吧。"

男人站起来，想要抱住女人的时候，被女人狠狠推开了，女人说："你走吧，当我们从来没认识过。"

男人无奈地提着行李，走了。

（发表于《小说月刊》2013 年 4 期、入选《2013 中国年度微型小说》《2013 中国微型小说精选》《2013 中国小小说年选》《给爱一个台阶》等）

第一辑 甩不掉的忧伤里

◀ 陪我看月亮

颜妍得癌症了，我不信。她怎么能得癌症呢？说是女人，可和男人差不多。说话嗓门很大，声音穿透力极强，做事风风火火，性格大大咧咧，喜欢开玩笑，喜欢较真。和她在一起吃饭，没发现什么东西是她不爱吃的，这样的一个人怎么会得癌症呢？

可千真万确。那天，颜研给我打电话，暖，你能陪我一起看月亮吗？

我愣了半天，然后又问了一句，你说什么？

陪我看月亮！她的声音从电话里传来。

我本能地把电话拿开，停了一会儿。没错，我没听错，颜妍是说让我陪她看月亮。这还真挺新鲜的。看月亮没什么特别的，关键是从颜妍嘴里说出来，就让我觉得惊讶了。

你没事儿吧，颜妍，你确定没发烧？

我没发烧，我得癌症了。颜妍说。

什么？我惊呼。

是啊，我也不信，我一直以为癌症与我无关，可前一阵我去医院检查，医生说的。别提这些了，陪我看月亮！颜妍说。

我大脑一片空白，机械地走到窗前，拉开窗帘。我望着天空中的那轮月亮，觉得那么凄清、冰冷。我说，妍，我正在陪你一起看月亮。

颜妍说，喂，我说你能不能不酸啊，我让你出来，陪我去农村看月亮，去农村看月亮！对于一个得了病的人，你不会不答应吧？现在出来，给你十分钟，我就在你楼下。

我急忙下了楼。颜妍已经找好了出租车，我们上了出租车，就向郊外驶去。路上，我们都没说话，我只是拉着颜妍的手。

我们坐在农家的玉米堆上，相互靠着，看天上的月亮。

颜妍说，都不知道有多久没这样好好地看看月亮了，整天不知道拼个啥，感觉从来都没停下，好好感受一下生命。从农村出来，就一直没闲着，工作、结婚、生子。

我说，知道吗？我一直为你骄傲，你敢闯敢拼，任何事情在你面前都不是事儿，我相信，这次也一样。

那次看月亮之后，我发现颜妍像变了一个人，变得敏感、细腻了。总是做一些让人觉得意外的事儿，就像让我陪她看月亮这事。我隐隐觉得颜妍不再是颜妍，她把自己开的店兑了出去；把自己的衣服都整理出来，洗干净，消毒。她说给需要的人吧，偏远农村的人没有像样的衣服穿；她甚至多方打听，找到我们一起上大学时的一个男同学，告诉他，以前上学的时候喜欢过他……

就在我不知道颜妍还要做些什么的时候，颜妍又打来了电话。她说，暖，为我祝贺吧，我没得癌症，上次是那家医院误诊了，我老公带我重新去了一家医院，我只是长了一个良性的肿瘤，医生说没事儿的。

真的？太好了，我就说你会没事儿的！我十分激动，感谢老天的眷顾。

颜妍又恢复了常态，说话依然大嗓门，依然风风火火。

半个月后的一天，颜妍的老公给我打电话，他说，暖，你劝劝颜妍吧，她自从知道自己没病了后，就整天不知道要做什么了，这几天，又突然想起来，说要起诉给她误诊的医院，告那个给她误诊的医生，唉，我是劝不动了。

我说，也不能怪颜妍，医院也太不负责了，怎么能这么大意呢。换了谁都会受不了的，吓也吓死了，不过，幸好没事儿。

颜妍的老公叹了一口气说，人家医院怎么可能误诊呢？颜妍的确是得了癌症。

啊？不是重新找医院检查的吗？不是说只是一个良性的肿瘤，没事儿吗？我的心瞬间沉了下去。

颜妍的老公说，我看颜妍知道自己的病后，像变了一个人似的。我不希望她在这样的状态下走完剩下的日子。我带她去我同学工作的那家医院，让我同学开了个假的诊断报告单。颜妍并不知道。

第二天，我去看颜妍，我说，咱不折腾了，不较真了行吗？

颜妍瞪了我一眼说，不给他们点颜色看看，我就不姓颜！让他们长点记性，免得以后再吓别人。

我说，还记得看月亮那天晚上吗？你说，我们从来都没好好感受一下生命。其实，我觉得我们只要活着，就好。我有些哽咽了。

　　颜妍说，那时候不是觉得要死了嘛，现在我还有的是时间呢，是姐妹你就别拦着我。

　　我看着颜妍，突然特别怀念看月亮的那个晚上。后来，颜妍的老公打电话告诉我，颜妍在和医院理论的时候晕倒了。他说，他一直都没有勇气告诉颜妍真相，所以无法阻拦她。

　　我想说，其实你就不应该骗她。但我还是没有说出来。

　　（发表于《天池小小说》2013 年 10 期、《小小说选刊》2013 年 23 期等）

◀ 重 游

·················

母亲失踪了，父亲低着头抽闷烟，他说母亲一定在火车站。

我在车站找到了母亲，她买了回老家的火车票。我不知道母亲为什么要回老家，她说她是孤儿，故乡没有一个亲人。在我的追问下，母亲说要去看一棵树。

看着她头发上泛起的霜花，我含泪轻轻拥抱母亲，说："我陪你去。"

我们坐了两天火车才到母亲的故乡。那是一棵老树。母亲围着老树转了两圈，用那双粗糙的手在树干上抚摸，然后慢慢蹲下。母亲颤抖着手往树根下掏，我这时才看到那个隐秘的树洞。

母亲的脸由紧张变成兴奋——在掏出一堆杂物后，她掏到了一个瓶子，瓶子的口是密封的。

"这是什么？"

"一个人留下的，他说回来如果找不到我，会用这种方式向我报平安，他果然没有死……"

"他是谁？"

"当年，他们两个一起走的，后来，你爸回来说他已经死了，我等了他五年才嫁给你爸。"

我们的沉默中，秋风不停地吹。

母亲打开瓶子，里面折叠的纸上写着一段话：我回来过，但我不是归人，我只是过客，我在那边有了家室，故地重游，只因为必须给你报平安。

"闺女，我们回家，你爸还在等我们呢！"母亲的眼睛泪汪汪的。

秋风不停，母亲的脚步有些凌乱，我用同样凌乱的脚步陪她向前。身旁，落叶纷纷……

（发表于《天池小小说》2011 年 5 期，被《微型小说选刊》2011 年 13 期、《小小说月刊》2011 年 8 期、《感悟》2011 年 12 期等报刊转载）

◀ 甩不掉的忧伤

忧伤一定是一种病毒，我确信。

那次，紫桐坐在我对面，轻轻搅动杯子里的咖啡，若有所思地说，无聊与孤独其实是两种截然不同的感觉。她的大眼睛盯着咖啡上飘浮的泡沫，我则盯着她的眼睛。

暖，你孤独过吗？紫桐抬起她长长的睫毛，那美丽的大眼睛里仿佛盛满了无限的忧伤，是的，那或许是我见过的最忧伤的眼睛。

我孤独过，每个人都会有孤独的感觉。我看着紫桐说。

她又重新低下头，搅动着咖啡。你知道吗？无聊只是有大把的时间不知道做什么，而孤独即便是在你忙碌的时候，骨子里的那种被遗弃被忽视的感觉也会占据你的身心，那种感觉就是孤独。仿佛置身于一个荒岛上，你明白我的意思吗？

我把手放在她的手上，她的手微凉。我看着她说，最近还好吗？

我当然很好啦，吃好的，穿好的，最近驾照也下来了，马上变身为有车一族。我真的很好，暖。

我相信你很好，紫桐。我停了一会儿，试探着问，他呢？

紫桐搅动咖啡的手停了一下，而后又继续着那单一的动作，甚至搅动的方向都未曾改变过。你问的是哪个他？

就是上次我在商场遇到的你们，你身边的那个男人，挺不错的。我说。

你怎么知道挺不错呢？紫桐看着我。

感觉啊，他站在你身边，拎着很多购物袋，一直微笑，很绅士的样子。我在脑海里努力搜寻那次遇到紫桐他们时的情景。

记住，暖，那是男人还没有得到你。紫桐说完冷笑了一下。看到我疑惑的样子，她接着说，得到你之后，人就变得忙了，你的手机也会安静下来。

那就一直让男人得不到吧，那样温暖的感觉会长久一些。我说。

现在有多少男人有耐心为了一个女人一直等待呢，你的矜持抵不过他身边的美女如云。快餐时代，谁有心情有精力去花很久的时间煲一碗汤呢？

紫桐，你漂亮，你的身边并不缺少男人，你应该很快乐。

是的，围着我转的男人也不少。可你知道吗？我讨厌吃快餐，我是一个喜欢用爱花时间去煲汤的女人，那个愿意陪我一起花时间煲汤的男人，从未出现过。

与紫桐分别时，我面前的咖啡已经见底了，而紫桐却一口咖啡都没有喝。

后来去大连旅游时，却在海滩遇到了老同学凯子，他在海边承包的游艇，供游客海上观光。凯子的皮肤真正晒成了古铜色，散发着健康的光泽。凯子告诉我，现在旅游热，他在这里发展得还不错。后来凯子问我紫桐还好吗？我说，她还好，只不过，和你一样，也一直没结婚。凯子沉默了。

凯子自从上学的时候就一直喜欢紫桐，我猜想，现在依然是。

我说，紫桐说了，她一直都遇不到一个愿意花时间陪她一起煲汤的男人。

凯子淡淡地笑了一下说，不是她一直遇不到一个愿意花时间陪她一起煲汤的男人，而是她一直遇不到一个她喜欢的并同时也愿意花时间陪她一起煲汤的男人。

我说，你还爱她是吗？

凯子猛喝了一口水说，我不是她喜欢的菜。

看着凯子和游客周旋的背影，突然觉得那背影那么孤独。我有了一种忧伤的感觉。不知道为什么，为紫桐还是为凯子。

在大连住了一段时间后，重新又回到了生活的正轨。在大连的日子，经常可以看到凯子的身影，也经常发消息。回到了熟悉的城市后，与凯子的联系也就渐渐断了。这种行为并不是刻意的，一个再熟悉的人淡出了你的生活圈子后，渐渐地似乎就淡漠了。仿佛距离的遥远真的可以阻碍手机通讯似的。

再次与紫桐坐在一起的时候，已经大半年过去了。我告诉紫桐在大连遇到凯子的事儿，并告诉紫桐，凯子一直没结婚，他是一个愿意陪你煲汤的男人。

紫桐端起面前的咖啡，一仰头喝光了。她看着我，突然笑着摇摇头说，暖，我现在已经不再去思考是否会有男人愿意陪我一起煲汤了。

为什么？我轻轻地问。

紫桐说，因为我觉得每一份快餐的味道也不错。

这时，她的手机响了，她的声音瞬间温柔起来，她一边说话，一边对我做了一个再见的手势。当她性感的背影消失的时候，我一个人坐在咖啡屋里发呆。

忧伤一定是一种病毒，紫桐好了，我却被感染了。

（发表于《共城文学》2014年4期，入选《2014中国微型小说》年选（漓江版）、《2014中国年度微型小说》等书籍）

◀ 小雅的眼睛

不得不说，见到小雅后，我被她的气质迷住了，特别是她的那双眼睛。想起光头一脸淫邪地说过，哥什么女孩子没泡过。但我想，像小雅这样的女孩子，他未必见过。

那次派对之后，和小雅单独见面时，她笑着说，想要我的手机号，干嘛不直接说呢。

我就想起那天，我对小雅说，能用你的手机给我朋友打个电话吗？我的手机打不出去。小雅看看我，把手机递给我。我拨了自己的号码，一会儿我手机响了。我把小雅的手机递给她说，不好意思，你先帮我听着，我接个电话。小雅迟疑地把电话拿过去，放在耳边听着。我拿起我的手机，边看着小雅边按下接听键，我对着话筒轻轻说，信号总算来了。小雅愣了一下，然后迅速关掉手机，用手抚着长发笑了起来，笑得那么迷人。

你是做什么的？笑够了，小雅忽闪着大眼睛问我。

我迟疑了一下，笑笑说，我在一家公司上班。

你呢？我看着她问。

我也在一家公司上班。小雅说。

就这样，我和小雅算成了朋友。小雅的美是那种清纯的，是那些浓妆艳抹的女孩子们都没有的。每次看小雅的眼睛，我都无法自拔。我身边的美女很多，可我第一次这样动心过。

我和小雅一起喝咖啡，一起吃饭，一切都如我预想的那么美好。我甚至憧憬着，在将来的某一天，我会娶小雅为妻，我们住在靠海边的别墅里，闲时开车带着小雅去她想去的任何地方……想着想着，我又想到一个问题，我该什么时候告诉小雅其实我很有钱，我上班的那家公司是我的呢，小雅会不会怪我的隐瞒呢。

在我还不知道怎么告诉小雅我的身份时，发生了一件事，让我打消了这个念头。我后悔认识光头这个混蛋，如果不认识他该有多好。

那天因为一笔生意，和光头在酒店喝酒，酒桌上的光头又在侃他的风流史，大家都跟着起哄。光头借着酒劲，拿出手机翻出一张照片，一边举着让大家看一边说，你们看，就这妞，我最近刚泡的，极品啊！大家都争相抢着看，边看边说，真不错，你行啊！光头打了个饱嗝说，在这个世界上，没有用钱办不到的事儿，特别是女人，女人，懂吗，都他妈爱钱，就看你钱扔得够不够多！

手机递到我手里的时候，我看到了那张照片，我的血立刻凝固了，那分明就是小雅，她抱着光头，脸亲密地贴在光头油腻的肥脸上，一脸媚笑。我疯了般怒视着光头，一拳砸在他的脸上，留下一片惊愕的目光，摔门而去。

我开着车，一路狂奔。我的眼前不时地晃动着那张照片，时而脑海中又闪现我们在一起时的情景。小雅在我心里开始扭曲起来，她的大眼睛开始变形、分裂、无数碎片飘啊飘。

我决定见小雅最后一面，在某一天的下午约小雅喝咖啡。看着小雅乖巧地坐在我对面，忽闪着大眼睛看着我，我的心一疼。

你认识光头吗？我直接问。

小雅喝了一口咖啡，疑惑地说，光头是谁？

我说，光头是一家公司的老板，他很有钱。

小雅眨着眼睛说，我对很有钱的老板没兴趣，我对努力奋斗的小员工感兴趣。

我沉默着，看着小雅眼睛里的那丝温柔，算了，何必揭穿呢！原来小雅除了爱钱之外，还会演戏。从那次与小雅见面后，我刻意想要忘掉小雅。虽然她的眼睛时常在我清醒或者沉睡的时候出现。小雅后来打过几次电话，我都拒接，再后来我就换了手机号码。

一年后的商业聚会上，我又遇见了光头，小雅娇媚地挽着光头的胳膊。小雅依然那么漂亮，只不过多了性感与妩媚，少了当初那种清纯的感觉。为了避免尴尬，我想转身避开他们。可是光头偏偏看见了我，拉着小雅走了过来。

我默默地看着他们。

好久不见了，生意做不成也不能成敌人吧？我给你打过电话，你却换号码了。光头倒显得很热情，一边的小雅也微笑着看着我。

我没有理光头，我看着小雅的眼睛，突然觉得既熟悉又陌生，终于忍不住问，小雅，你还好吗？

小雅睁大了眼睛，突然笑了起来，她说，你认错人啦！

我苦笑着说，我没认错人，是我看错人了。

她说，小雅是我妹妹，我们是同胞姐妹，我叫小文。很多人都会认错的，包括我和小雅的朋友。她拿出手机，手机屏幕上，一对姐妹花。

我急切地问，小雅她还好吗？

光头啊的一声，拍着脑袋说，怪不得那天喝酒你打了我一拳，现在我终于明白了。

我没理光头，一直盯着她。

小雅和男朋友出国了。她淡淡地说。

我开着车狂奔，我不知道我要去何处，只是，小雅的眼睛那么清晰地在我眼前眨呀眨。

（发表于《小小说大世界》2014 年 4 期、《延边日报》2014 年 4 月 9 日）

第一辑 甩不掉的忧伤里

◄ 守 候

　　她花白的头发被风吹得有些蓬乱，坐在门口的老槐树下，静静地望着那条弯弯曲曲一直通向城里的路。脸上细密的皱纹深深浅浅，风吹得眼角流出了泪，顺着纵横交错的皱纹流淌。

　　她又想起昨天，也是这样坐在门口的老槐树下，望着那条弯曲的路发呆，远远地看到几辆车从那条路上左拐右拐、蹦跳着开过来，车屁股后面掀起一片尘土。车在自己家门口停下来，几个五大三粗的男人从车里钻出来，围着她。

　　她早就习惯了这种阵势，不去理睬，依然坐着不动。

　　"大娘，您看看您这破房子，连瓦片都不全了吧，冬天漏风夏天漏雨，怎么，您家地底下有宝贝不成，死守着不放？"

　　"拆了这破房子，您就能搬到城里住楼房了，宽敞明亮的大房子啊，这不是好事儿吗？您看看，别人高兴都来不及呢！"

　　"好不容易有人来投资办厂，老太太，你可不能拖后腿啊，你知不知道，只要厂子在这里办成了，能解决多少人的就业问题呢，你想过吗？"

她听着他们你一句我一句地说着，嘴角动了动，最后还是没说什么。

几个人你看看我，我看看你，直摇头。她知道，他们恨不得把她搬起来扔到路边去，如果她真是一座雕像的话。可她坐在那里，除了会呼吸之外，和雕像也没太大的区别。

"明告诉你，这厂子是一定要建的，你拆也得拆，不拆也得拆，这是早晚的事儿。"

"今天是最后一次来和你好好商量，你自己好好想想吧。下次来，我们就不会这么客气了。"

……

几个人软硬兼施地说了半天。她不记得后来他们说了什么，只觉得他们每个人都在说话，声音嘈吵，她只是一直看着那条弯曲的路。直到最后，那几个人又都钻进了车里，那几辆车又蹦跳着冒着烟远去了。

终于安静了，她觉得。

她望了望四周那些无人居住的房子，叹了口气，都走了。她不记得有多少天没说过话了，只知道这个村子现在只剩下她一个人。她似乎又看到张家奶奶拎着菜篮子从地里回来，一边走一边笑着和她打招呼。她又看到李家二婶子抱着刚晒好的被子，一边拍打一边说晒过的被子睡着可舒服了。老王大哥扛着锄头，叼着烟，哼着跑调的歌，卷起的裤腿上都是泥。赵家媳妇又扯着嗓门骂她那个不争气、只知道喝酒赌钱的男人了。还有一群刚放学的娃也笑着闹着跑了过来，书包在身后甩来甩去……

她累了，微微闭上眼睛。似乎又觉得有人在叫她，猛然睁开眼睛，周围死寂一般。许久，有几只鸟从她背后的老槐树上拍着翅膀飞走了。

"小宇啊，你现在到底在哪儿？"她自言自语地说。

她想起二十年前，村子里来了一个马戏团，大人小孩儿都围着看。猴子骑自行车、山羊走钢板、狗熊跳绳……热闹了两天，她十岁的儿子小宇特别喜欢看。两天后，马戏团走了，可小宇也跟着不见了。她不知道小宇失踪和马戏团到底有没有关系，可她到处找，都没有找到。二十年过去了，她不知道小宇现在变成什么样子，她只知道，这里是小宇的家，她盼望有一天，可以看到小宇从那条弯弯曲曲的路上跑回来。虽然二十年过去了，但她相信，若是小宇回来，她一定可以认得出来。所以，她必须得守着。

夜里，她做了一个梦。梦见推土机轰隆隆碾压过来，瞬间，石头瓦片向她飞来，她被埋在废墟里，但她并没有死。她看到这里又建起了一片厂房，机械声声，吵得她耳朵生疼。工厂的好多大烟筒你争我抢地冒着黑烟，河水里漂着油污，阳光一照，泛着七彩的光。在烟雾中，她看到了小宇从弯弯曲曲的路上跑回来，一边跑一边在叫她。她努力大声喊着小宇的名字，可工厂机械的声音太大了，小宇根本就听不见。她看到小宇在烟雾中跑来跑去，四处寻找着自己的家，却怎么也看不到她。

她突然惊醒了，心脏扑通扑通跳得厉害。发现自己还睡在房子里，心才渐渐安稳了一些。阳光从破碎的玻璃窗直接照射进来，让她多少有了些暖意。转瞬，她又紧锁眉头，从炕上坐起来。

她听到了推土机的声音。

（发表于《天池小小说》2019 年 7 期）

◀ 许　愿

"老太婆，今晚有流星雨，你想看看不？"他趴在老伴耳边说。

听到流星雨，床上的老伴立刻睁开眼睛："啥？儿子回来了？"一边说一边坐起来要下床。

"你这个老太婆，刘星宇单位那么忙，他咋能有时间回来嘛，我说的是天上的流星雨。"

"哦。"老伴眼里的光亮暗淡下去，突然又抬起头问，"你刚才说啥？天上的流星雨？"

他又重复说了一遍。

自从老伴病了，他觉得她记性不好了。所以，他也变得爱唠叨了，很多话，他都要说上几遍。

"外面凉了，咱多穿点儿，到院子里坐着。"他一边说一边把大衣披在老伴身上。

"老头子，你说，你咋一说流星雨，我就想咱儿子了。"

他扶着老伴边往外走边说："你呀，就是活该。儿子让咱住城里，是谁嚷嚷着要回来的？这回来了吧，又说想儿子。"

"我这不是病了嘛，回来清静。能帮着干活的时候咱帮帮，这病了不给儿子添麻烦，他忙着哩。你这个死老头子，一辈子就知道说我能耐，咋，你不想！"

他扶老伴在凳子上坐稳了之后，靠着老伴坐下，才大声说："咋，一辈子说你，可哪一次说得过你啦？你主意正着呢。生儿子那年，我说给儿子起名叫刘建军，你非要叫他刘星宇。后来儿子还怪我呢，说学校同学总是拿他开玩笑，都对着他许愿。说我立场不坚定，怎么当初就听了你的话。"

老伴听到这话，张着嘴笑了起来，笑够了说："你咋不记得呢，当初咱俩刚结婚没多久，一天夜里在院子里坐着聊天，正好看到了流星雨。当时我就许愿，一定给你生个儿子，如果生儿子，就叫刘星宇。结果后来真生了儿子，上天注定的，不叫刘星雨叫啥呢。"

"我咋能不记得，那天看流星雨，你还生我的气，竟然好几天都没和我说话，我心里老闹心了。"他说。

"死老头子，那能怪我嘛，还不是因为你当时许的愿。"老伴用胳膊碰了一下他。

"你这老婆子，现在的事儿经常忘，以前这事儿记那么清楚干嘛。"他想起那年，那年她才二十多岁，生得很美。那时候家里穷啊，也吃不上什么好的，可她不嫌弃，硬是和家里人闹翻天了也要嫁过来。自从嫁过来后，从来没怨过他穷。那次在院子里聊天，她看到流星，非叫他一起许愿，像个孩子。许完愿之后，又逼着他说出许的愿，谁想，他说了，她却生气了。

"老头子，你快看，流星！"老伴推了一下他，用手指着天空。

他回过神来，顺着老伴手指的方向看，一颗流星烟火一样划过。天空繁星点点，真好看。

"不许愿了？"老伴边说边把头靠在他肩上。

他说："在心里许了。"

"许的啥？"老伴问。

"啥都问，又逼我说，凭啥告诉你。"他扭过头去，用手悄悄揉了揉眼睛。

他感觉老伴向他靠得更近一些，许是夜晚的风有些凉。他下意识用胳膊搂住老伴的身子，对着老伴说："老婆子，冷了咱就回屋。"

老伴摇摇头。

山村的夜晚就是这样冷清，偶尔谁家的狗叫了一声，都能传得很远。他搂着老伴的身体，感觉似乎老伴比之前又瘦小了一圈。

"你不说我也知道。"

老伴突然说话，把他从寂静里拉了回来。他问老伴："咋，你知道个啥？"

"你许的愿肯定和当初一样，对吧？"老伴慢慢地说。

他听了身体一颤，把老伴搂得更紧了，生怕一松手就会弄丢了。

"老太婆，不兴这样说。"他说着，眼里的泪就开始打转。

"当年……当年我许的愿都挺灵的，你的也会灵。"老伴像是自言自语地说。

他心里开始涨潮，一浪接着一浪，感觉胸口有些发闷。他又想起当初许的愿：若是死，她先自己一步。因为许了这个愿，当年她说不吉利。只是他从来没有告诉过老伴，她太笨，做的饭菜不好吃，还不懂得照顾自己。又很脆弱，动不动就哭鼻子。如果他先走一步，剩下她一个人，要怎么过呢。

"老太婆，那是以前年轻的时候。我刚才许的愿是要你好好活着，我还要一直照顾你，这些年，我都习惯了。"他哽咽着说。

他觉得老伴的肩头颤抖了几下。许久，老伴说："回屋吧。"

"这次许的愿一定挺灵的。"他边扶着老伴边说。

（发表于《天池小小说》2019 年 5 期）

◀ 黄叶纷飞

小楠看到街头那个坐在手摇三轮车上的残疾男人，就有说不出的厌恶。

那个街头，是个小市场，穿过那条街拐个弯，就是小楠的家。那条街是小楠出入的必经之路，就会看到那个残疾男人，这让她每天都有片刻的不愉快。

残疾男人，每天摇着他的三轮车出现在街头，他的三轮车后面，竖起一块大木板，板子上挂满了气球、跳绳、充气玩偶、漫画纸卡等一些廉价的玩具。他看上去五十多岁，因为瘦，颧骨显得越发突起，蓬乱的头发下是一张灰黑色的脸。仿佛永远没换过的黑色裤子，风一吹，膝盖下面两条空了的裤管随风一荡一荡的。

离街头三百米，是小楠任教的小学校。残疾男人曾经堵在校门口守着放学的孩子，被校长赶走了，说是有交通隐患。

她第一次看到那男人的时候，心微微一动。一个失去双腿的残疾人，靠自己的双手赚钱生存，这一点值得尊敬。

小楠记得后来的一天，行人特别少，她看到残疾男人神情恍惚，目光呆滞地瞅着路面，心中一动，走了过去，眼睛在他的货架上搜寻，她想买点什么，可实在没有什么是可以买给自己的。随便拿了根跳绳，准备送给邻居的小弟弟玩。就在她拿钱包的时候，无意中看到男人的目光一直盯着自己的胸部，小楠的脸一下子红了。递钱时，男人的手不是去接钱，而是向小楠胸部伸过来，吓得小楠扔下钱，转身跑了。

小楠再路过街头时，目光总是有意避开那个男人，逃一样地穿过。越是这样，她越觉得这个男人那令人厌恶的目光紧盯着自己。

一个傍晚，小楠的男朋友和几个哥们儿，在一个拐角的街口，砸了那个男人的杂货架。

残疾男人消失在街头，对别人来说没有什么不同。小楠事后虽然埋怨男友不应该，但现在却可以悠闲地走过那条街，顺便还可以看一看路边地摊上的货物。有中意的，她也会买上一两件。

一段日子后，当小楠回家路过街头时，她差点叫了出来，她发现，那辆手摇三轮车又停在了老地方，那两条空了的裤管，依然在风中一荡一荡的。她像被电击了一样，浑身一麻，飞快地穿过那条街，他感觉男人的目光依然跟随着她。

深秋的风吹落了树上的叶，寒意阵阵袭来。

一天傍晚，天渐渐黑下来，街头的小贩们都散了。路灯下，那辆手摇三轮车，依然那么固执地停在老地方，那空空的裤管在风中起舞。

小楠看了一眼那个男人，下意识地拉了一下风衣的领子，从那个男人面前走过去。这时，从街边一家啤酒店里出来两个年轻人，染着黄黄的头发，嘴里哼着跑调的歌，两人一见小楠，晃悠着堵住去路。

小楠挺害怕，虚张声势大声地说："你们让开，不然我报警了。"

黄毛怪笑着不肯让开。她听到后面有人喊："丫头，过来，帮我收摊。"小楠回头，看到喊自己的竟然是那个残疾男人，一时不知道如何是好。男人又叫："你这丫头越来越不听话了，快过来。"小楠迟疑了一下，跑了过去。

那两个黄毛一见，晃悠着追过来。

残疾男人把小楠拉在自己的三轮车后，三轮车挡在追来的黄毛面前。

"老东西，躲开，别挡哥们的好事儿。"两个黄毛咄咄逼人。

"这是我女儿，你们不许碰她。"残疾男人坚定地说。

"哟，你个老废物还能生出这么漂亮的女儿。"说完两个黄毛大笑起来。其中一个上来拉那个残疾男人，一下子就把他从三轮车上拉了下来。残疾男人趴在地上，用力抱住这个黄毛的腿。这黄毛挣两下没挣开，用力抬起腿，猛地一踹，残疾男人撒开手向后倒去，后脑勺正好磕在马路牙上，他痛苦地哼了一声，血顿时涌了出来。

见到血的两个黄毛愣了，撒腿就跑。

秋风还在阵阵地吹，黄叶纷飞。不时有黄叶落在躺着的残疾男人身上。小楠走过去颤抖着抱着残疾男人，像抱个婴儿。

男人看着她，艰难地微笑，慢慢抬起手，向小楠的胸部伸了过来。男人的手落在了小楠胸前的那枚金色玫瑰胸针上，像抚摸一件宝贝，而后手一滑，无力地垂下来。

医院的长椅上，小楠拿着那枚胸针在发呆。

抢救室的灯灭了。医生走出来，无奈地摇了摇头。医生把一张照片递给小楠，说："他让我告诉你，他现在去找她的女儿了。"医生犹豫了一下，接着说："这个人我认识，去年他和女儿一起出了车祸，女儿被撞得很惨，送到我们医院就不行了，他失去了双腿，不过，受了刺激，精神偶尔不太正常。"

照片上，一个和自己差不多年纪的漂亮女孩儿，她的胸前戴着和自己一模一样的金色玫瑰胸针。

（发表于《小说月刊》2010 年 12 期、入选《2011 年中国微型小说精选》）

◀ 门
················

没有什么时候像现在这样，在阳光还没有爬上她床头的清晨，在她刚刚睁开双眼的清晨，她想立刻画一幅画。

她被这种莫名的冲动怂恿着，掀开被子，穿着一件睡裙，走进书房。

宽敞的书房一角，有一个画架，盖在画架上的白布已经蒙尘。上次画画是什么时候，确切的时间她记不清楚了。

记得那天已经很晚了，她坐在画架前看着画好的画面发呆。男人一身酒味地回来了，这种情况时常有，她习惯了。她像往常一样问男人又和谁出去喝成这样，男人没有回答，却盯着她的画看了半天，终于指着她的那些画说，够了，这叫画吗？一点美感也没有，整天画这些，无聊透了！

她没有反驳，安静地坐在画架前。男人说得没错，她的画里从来没有那些花鸟鱼虫的美，没有万马奔腾的壮阔，她也从来不在意画面是否惟妙惟肖，这些和她没有什么关系。她的画里只有门，不同材质的门、不同形态的门、不同感觉的门。有的抽象，有的夸张，有的写实，有的写意。她觉得她在画门的过程中，能和自己的心对话，能让自己的心变得安宁，这就够了。

她也不是一开始就喜欢画门的，对门产生浓厚兴趣是因为她和男人还没有结婚时，在一次进入深山老林游玩时迷了路，却意外发现了一个山洞，一个拱形的铁门半掩着。她对半掩的门十分好奇，里面是什么？她打开了门，发现里面有一张简易的床，一张桌子和一些简单的生活用品，原来那是看山人的临时住所。后来在看山人的引领下，他们找到了下山的出路。从那时起，她对门产生了兴趣。

结婚的前夜，她画了一张贴着喜字的门，她不知道这道门推开之后，迎接她的是怎样的崭新的生活。结婚后，婆婆阴着脸说，你男人是律师，平时应酬多，你不要拿一些琐事烦他，要照顾好他的起居。

她经常蜷缩在沙发上睡着了，电视机还开着。

她开始用等待的时间画各种门，每次画完，都静静地盯着那扇门看，仿佛可以看穿门的里面是什么。男人回来，偶尔去书房看她，总会皱着眉摇摇头。她心里也不太在意男人是否喜欢她的画，只要自己喜欢作画的过程，可以释放自己的心情就好。直到上次男人酒后的愤怒，她才收起了画笔。

可是今天不同，今天她一早醒来，胸膛里就升腾着一种冲动，她在画纸上画了一扇大门，夸张的门，门的形状像一个男人，在门上，还挂着一把大大的黑色的锁。她挥舞着久违的画笔，忘情地画着，泪水顺着眼角流了下来。最后，她在黑色的大锁上面标注了昨天的日期。

她忘情地画着，没注意男人已经站在她的身旁。

男人看着她，瞅了一眼她的画。愤怒地咆哮着：画这些乱七八糟的东西能吃饱吗？

她流着泪看着男人的脸。

男人转身回到卧室，她刚走到卧室的门口，听到男人在打电话说，李医生，我觉得我太太还是心理上有些问题，她今天竟然没有做早餐，又在画些乱七八糟的东西。

她没有进卧室，而是转身去了厨房。

她像每天一样，给男人做了米粥、馒头、茶叶蛋、一盘小菜，还热了一杯牛奶。她觉得这些最养胃，在老家时，母亲就总给经常喝酒的父亲做米粥，馒头。

男人提着公文包出来。她说，吃了饭再走吧，来得及。

男人看了看她，叹了一口气，坐在桌前。男人把牛奶推到她的面前，声音温柔了一些，说，把牛奶喝了，照顾好你自己。

她吃过早餐之后，回到书房，发现那张画不见了。

午后，她的手机响了，她漫不经心地拿起来一看，是男人发来的消息。在他工作的时间里，这还是他第一次给她发消息。

"今天晚上一起出来吃饭吧。原谅我，我是一个不太懂得浪漫的男人，也比较粗心。我向你坦白，你的行为一直让我担心你心理上有什么问题，还咨询过心理医生，原来是我忽视了你。李医生看了你的画，问我昨天是什么日子，我才想起来是你的生日。对不起。"

她把手机抱在怀里，哭了，又笑了。

（发表于《天池小小说》2017 年 2 期）

◀ 最浪漫的事

我搬进这片小区不久，发现了一对老人，与众不同！

不管早晚，每次看到他们，都是手挽着手，不是去早市买菜，就是晚饭后在小区散步，似乎从没有分开过。看到落日余晖中携手的两位老人，我觉得他们的背影很美，美得犹如一幅画卷。

每次和他们相遇，我都会主动和他们打招呼，两位老人也会慈祥地向我点点头。不知不觉中，我竟然喜欢上了他们。每次看到他们，总会让我想起那首歌《最浪漫的事》。以前就很喜欢，如今因了这两位老人，我就更加喜欢。

……我能想到最浪漫的事，就是和你一起慢慢变老……时不时地我会哼唱几句，期待着自己的将来会如这对老人一样浪漫。

一天早上，当我看到他一个人匆匆去早市买菜的时候，心里有些奇怪，便上前询问，大爷，您今天怎么会一个人出来啦？

老人看见是我，说，你大娘她病了，住院了！

我问，您的孩子呢？为什么不回来照顾呢？

老人的眼里闪动着泪花。

我有些心疼，突然意识到，也许我的问题问得有些唐突。

老人说，你大娘身体不好，我们一生无儿无女，这几十年都是这样彼此照顾着走过来的，现在老了，不如从前了，我真怕……老人哽咽着说不下去了。

我安慰了一下老人，陪着他买了些菜，和老人来到他的家。老人的家里陈设都很老旧，也很简单，墙上挂着两位老人的合影。

在厨房里，我为老人做好鸡汤，倒进保温饭盒里，陪着他去看她的老伴。

医院里消毒水的味道一直都是我不喜欢的，我觉得这种地方除了妇产科之外，其他的病房都充满着伤痛，来自心灵与肉体的折磨。

走进病房，我看到她微弱地喘息，紧闭的双眼，满头灰白的头发，似乎突然之间老了许多。病床上，盖着被子的身体显得那么瘦小。

老婆子，快睁开眼睛看看，谁来看你了？老人贴着她的耳边轻轻地呼唤。

她被老伴唤醒，微微睁开眼睛后，神情有些惊讶，而后眼里流露出一丝意外与欢喜。

我微笑着把食指放在嘴边，示意她不要出声。慢慢地坐在她的床边，她的眼里有滴泪顺着眼角流了出来。

老人轻轻地扶着她坐起来，把枕头小心地靠在床头，让她能倚在上面更舒服些。然后拿暖瓶倒了些水，又加了些凉水后，自己伸手试了一下，最后微笑地对老伴说，我给你洗洗手，然后咱们喝点鸡汤吧！

她很顺从地把手伸出来，老人用毛巾帮她认真地洗干净，转身出去倒水了。我打开饭盒，小心地喂她喝着鸡汤。老人倒水回来后，对我说，还是我来吧，她已经习惯我的照顾了。她看到老人接过我手中的鸡汤，对我点点头笑了笑。看着她把鸡汤喝完，我说，大娘，您好好养病，我以后再来看你，现在得去上班了。

她点头答应着。

老人出来送我，我走出了很远后，回过头看到老人依然站在医院大门口。

与其说离开，不如说是逃离，我被老人看他老伴的眼神深深刺痛了，我不知道如果她离开，他会怎么样。

从此，除了家与单位之外，我又有了一个经常去的地方。

时间总是装扮成一副冷酷的样子，它从不会顾忌有情人的眷恋与不舍，依然迈着它优雅的脚步。

一个月后，她带着对他的牵挂离开了。我流着泪听着那首歌：我能想到最浪漫的事，就是陪你一起慢慢变老，直到我们老得哪也去不了，我还依然把你当成手心里的宝……

我一直默默地陪着老人，送她离开。

老人说，我下午去刻一块石碑！

我说，下午我陪您一起去。

第一次来到雕刻墓碑的地方，到处堆着许多石碑。我突然心情紧张，呼吸竟然有些急促，我觉得每块墓碑都是一条鲜活的生命，他们这样静静地矗立在我的面前，刹那间让我无所适从。

老人对雕刻师傅说了她的名字，仿佛在说一个与他不相识的人的名字一样，竟然听不出一点儿悲伤。

正当我有点意外的时候，老人做了一件更加让我意外的事。

老人平静地对雕刻师傅说，请您把我的名字也刻在上面。

我和雕刻师傅都愣愣地望着他。

请把我的名字也刻上去！老人又重复了一次。

雕刻师傅把目光转向我，有询问的意思。

我感到一丝尴尬，忙说，师傅，您就照他的意思办吧！

我发现老人用感激的目光看了我一眼。

一周后，我帮老人把她的骨灰埋在了他们曾经一起爬山的山坡上，竖好了石碑。老人竟奇迹般地没有当着我的面掉一滴眼泪。

老人手里捧着一束我叫不出名字的野花，他说这是他们最喜欢的。老人弯下腰，把野花放在他们共同的墓碑旁。这是他献给她的花，同时也是献给自己的。

看着墓碑旁的老人，仿佛要凝固成一尊雕像。我不忍去惊动他，感觉此时自己也变成了一尊雕像，就这样久久地久久地矗立着……

（入选《流行歌曲同名小说－爱情一阵风》）

◀ 我不认识你

我的内心十分恐慌。

我记得我来 A 城是要办一件很重要的事儿的，但是我突然想不起来了。这并不是让我恐慌的原因，想不起来我可以慢慢想嘛。让我恐慌的是，我发现我的手腕上多了一个腕带，上面有电子时间显示，我还发现偶尔有人跟踪我，甚至昨天差点儿被打死。

"我不认识你！"我对着把我打翻在地的那个墨镜男说。

"张老板，你妹的跟我装什么装，再装小心我废了你！你以为你跑到 A 城来，我就找不到你了吗？做梦吧，你拖欠我们的钱，三天之内再不还，你就永远这样趴着吧！"墨镜男说完狠狠地补了一脚。

"我不认识你！"我痛得捂着肚子在挣扎，偶尔路过的行人都远远地避开我绕着走，仿佛我是瘟疫一般。好久，我才蹒跚着回到酒店。

想起昨天的事儿，百思不得其解，我不认识你，怎么可能拖欠你们的钱呢？真是神经病。正想着，目光又落在那根腕带上，上面显示着当前的时间。我根本不记得这东西是什么时候跑到我的手腕上的，也不知道它是从哪里来的。

正在心烦意乱时，手机响了，我按下接听键。里面传来一个女人急切的声音："你这两天跑到哪儿去了？我怀了你的孩子！"

"你是谁？我不认识你，你打错了吧？"我感觉莫名其妙。

"什么，你不认识我？"女人的声音冰冷。

"是啊，我不认识你。"我又重复一遍。

"姓张的，现在想翻脸不认人啦？你再不出现，我就告诉你老婆了！"女人说完就挂了电话。

"我他妈不认识你！"我声嘶力竭地对着挂断的电话大喊道。

这到底是怎么了？我来 A 城到底要办一件什么重要的事儿呢？为什么会发生这些奇怪的事儿，若是认错了人，他们为什么都知道我姓张？我感觉我的周围有一种神秘的力量，让我惴惴不安。一定是这腕带，我用力把腕带从手上摘下来，狠狠地扔在床上。

突然间，腕带发出了嘀嘀的响声，我下意识躲开，我感觉我的腿在发抖，这不会是定时炸弹吧？响了几声后，便没有任何征兆了。我大着胆子慢慢走过去，拿起腕带，发现上面有一排字：若是你因周围发生的事儿寝食难安，请把腕带戴好，选择恢复记忆。

难道我失忆了？

我太想知道这一切是因为什么了，我别无选择。我乖乖地把腕带戴好，点击恢复记忆。瞬间，我像做了一场梦一样，把什么事儿都想起来了。

我记得那天因为工厂的事儿心烦意乱，随手摆弄着手机。无意间看到，A城有一种技术，可以让人选择性失忆，忘记那些无法面对的痛苦，重新生活。我的眼前一亮，第二天立刻赶赴A城。对！我到A城是来遗忘痛苦的，这的确是一件很重要的事儿。

那个打我的墨镜男是我们工厂里的刺头，那些农民工都以他为首，专门和我对着干。工厂不景气，我这老板当得也窝囊，欠了一屁股债。自然是没有钱给他们发工资了，一拖就拖了大半年。他经常带着工人给我的汽车喷辱骂性的标语，甚至鼓动工人罢工，这些让我十分头疼。哦，对了，那个打电话的女人是小北，和小北最初是在按摩院认识的。其实我真的是一个好男人，是压力太大烦心事儿太多，我才去按摩院放松一下的。你们相信我吗？也正因为我是一个好男人，才没有抵挡得住小北的温柔，一下子就沉迷在她的怀抱里了，这能怪我吗！

等等，小北刚才好像说她怀孕了？我才想起了她刚才说的话。瞬间如同热锅上的蚂蚁，这怎么才好，怎么才好呢？我那老婆可是比河东狮吼还厉害的角色啊。

我试探着拨了老婆的手机，接通后，听筒那边传来电视机的声音。我小心翼翼地说："老婆，家里一切都好吧？"

老婆沉默了一会儿大声说："不用回来了，我不认识你！"

小北幽怨的脸、刺头的墨镜、老婆虎视眈眈的眼睛、工厂里嚷嚷罢工的工人……他们在我眼前交替着晃来晃去，让我一阵眩晕，我倒在床上。

又看到了手腕上的腕带，我眼前一亮，抬起胳膊对着腕带大喊："我要失忆，我要恢复失忆！"

嘀嘀嘀……腕带响了几声。

我看到上面写道：系统已清除，我不认识你。

（发表于《天池小小说》2018 年 1 期）

◄ 一个平凡的午后

对于乞丐来说，这真的是一个平凡得不能再平凡的午后。

他靠在街边一棵树下，看着街上来往的车辆和行人，懒懒地晒着太阳。面前摆了一个破箱子，里面是一些零散的钞票。他像是想起了什么，从衣服口袋里掏出了一截断粉笔，之前的某一天，在一个学校旁边的垃圾箱里捡的半盒粉笔，他觉得扔了可惜，就装在衣服口袋里。

他拿着粉笔在地上画着，没有人知道他画的是什么，确切地说，没有人去关心他画了什么。即便偶尔有人从他面前走过，往他的破箱子里扔个硬币，也是扔完匆匆就走了。

可世界上没有什么是绝对的，就有这么两个人，走到乞丐面前，停下了脚步，他们互相并不认识，但似乎都对乞丐画的东西感兴趣，站在乞丐身边饶有兴趣地看着。

乞丐发现有人站在身边，并没有要给钱的意思，只是盯着他画的东西看。乞丐把粉笔又放回衣袋里，站起来拍拍屁股，抱着他的破箱子走了。

乞丐走了，两个人先是站着看，后来都蹲下来看。一个略微发福，一个精瘦干练。

"你说他画的是什么？"瘦子似乎发现了什么，转头问胖子。

胖子说："我觉得他画得很复杂，是想记录一些什么事儿，却又不想让别人知道，所以用这些线条和图形表示。就像以前的甲骨文。"

瘦子皱着眉头想了想，又摇头说："我觉得不是，我觉得正相反，他画这些其实是想通过这种方式告诉人们什么，我觉得乞丐可能不方便说话或者根本就不会说话。"

胖子又细看了一下，依然坚持自己的观点，他用手指着几条扭曲的线，还有几个圆形对瘦子说："你看这些，我觉得这些像一些数字的变形，他可能是记录乞讨的数额，却不想让别人知道。"

"用你的脑子想想，这怎么能是数字的变形呢，即便是数字的变形，也不会像你想得那么简单，记录什么乞讨的数额，我还是觉得他是想通过这种方式告诉人们什么。"瘦子因为瘦，脖子上的青筋暴起。

胖子看到瘦子有些急了，也不甘示弱地说："我看你是侦破片看多了吧，你用脑子想想，他就是一个乞丐，没你想得那么复杂。"

"你现在看到他就是一个乞丐，可你知道他的来历和以前的身份吗？你知道他经历了什么变成了乞丐吗？你怎么总是看到眼前的不知道去想背后的事儿？目光短浅！"瘦子站起来生气地说。

胖子也站了起来，指着瘦子说："你说谁目光短浅？你他妈的欠揍了是吧？我看你是神经病。"

……

他们越吵越凶，不知道什么时候，围了很多看热闹的人。

瘦子气得满脸通红，指着胖子说："你竟然骂人，小市民，没素质！"

"我骂人怎么了，我还打你呢！"胖子也被激怒了。

两个人扯着对方的衣服，谁也不放手。周围没有人制止，都在看热闹。还好，这个世界上并不只有行色匆匆的人，还有大把时间没处用的人。

胖子和瘦子滚到一起，这架打得一点儿也不爷们儿，并不像武打片那么精彩。周围有些毛头小子或许觉得不过瘾，吹起了口哨。

一时间，外围的人不知道里面发生了什么，越聚越多，一时交通受阻，很快警察就赶来了

胖子和瘦子都挂了彩，灰头土脸地被警察带走了。不明所以的人们渐渐散去了，他们不知道胖子和瘦子为什么打架。

被教育了一番的胖子和瘦子走出派出所，午后的阳光暖暖的。胖子和瘦子你看看我，我看看你，都哼了一声，朝不同的方向走去。

他们都很郁闷，这本来是一个平凡的午后。胖子本来是准备

去和几个哥们喝两杯的，瘦子本来是准备去首饰店，给妻子买一条金项链作为结婚纪念日的礼物的。他们不知道为什么，因为一个不相干的乞丐打了一架。

而那个乞丐，正在另一条街道旁，慵懒地坐在地上，背靠着垃圾桶。他一边晒着太阳，一边在地上画着什么，他不可能知道胖子和瘦子因为他打了一架。他画画停停又摇摇头，他似乎对他画的总是不那么满意。

他努力回忆着在广场大屏幕上看到的画面，很多几何图形拼接，色彩是多么艳丽啊！

（发表于《天池小小说》2019 年 7 期、入选《2019 年中国微型小说精选》）

◀ 天上掉下个林妹妹

小城里开了一家陶吧，也是这座小城唯一的一家，名字叫一棵树。它的出现，让我这个喜欢新事物的人着实激动了一把。

去了两次，有点儿上瘾了。我终于找到一个可以释放压力的出口，不喜欢酒吧那些娱乐环境的纷杂，在那样的环境下，我的神经难以得到本质上的放松。

又一个周末，我走进一棵树，依然驻足在展柜前。每次我都无法抵挡展柜上一棵树对我的诱惑，那是一件多么艺术的陶品啊！那棵树根须繁多，都伸展成人的手指，仿佛在牢牢地抓住生命的土地。而树枝上的那些叶片，做成了不同人的笑脸，表情细微。上次来听这里的工作人员说，那是他们老板做的。我便更加喜欢这家陶吧，我觉得这才叫品位。

"张凯，真的是你啊！"一个甜美的女声。

我抬起头，一个长发女孩站在我旁边，眼睛由于兴奋，笑成了一弯月亮。我疑惑地看着她，脑中快速搜寻着我认识的美女，一面之缘的也不放过，可惜，怎么都想不起来，不禁有些尴尬。

"怎么，不记得我啦？你个猪头，以前你可没少用我的东西啊，铅笔、橡皮，说拿走就拿走，一点儿也不客气……"她滔滔不绝地说着。

我的嘴巴越张越大，终于叫出了声："你是林淋！"

她笑了起来，说："看来，你还没有失忆。"

我张着的嘴一直难以闭上，我无法把眼前的美女与当年我同桌那只丑小鸭联系在一起，我的大脑死机了。

半天，我终于说："你怎么变化这么大啊，我都认不出来啦。"说完我激动得要去握她的手。

她往后退，伸出那湿乎乎满是陶泥的手，直摆。笑着说："你可一点没变啊！"

我有些不好意思，摸了一下自己胖乎乎的娃娃脸说："是没怎么变，不过俺的海拔可是从168直线飙升到180了。"

她终于笑够了，说："真的很巧，在这里遇到你。"

我说："是啊，你也喜欢玩陶吗？"

"嗯，喜欢，你跟我来。"我被她带到她做陶的位置上，看到拉坯机上还有她的半成品。她说："这些年，你都没离开咱们这座小城吗？"

"是啊，有出息的人都飞了，我这样没出息的人只有好好地坚守阵地了。"我打趣地说着，接着问："听同学说，你不是去了深圳吗，在那边怎么样？"

她停下手里的活，看着我说："最开始时，吃了很多的苦，放弃自己的专业，什么工作都做过，后来在一家公司，业绩突出，一路高升了。"她把自己 N 年的漂泊历程轻描淡写成了一句话。

她问："你会做陶吗？"

我说："我只来过两次，做不好。"

她说："很好玩的，我教你。"

她拉过我的手，放在拉坯机的陶坯上，她的手轻轻地放在我的手上，慢慢地向上……我感觉她的手，因沾了陶泥，是那样的润滑，心不禁飘摇起来。我想到了曾经看过的《人鬼情未了》里面的男女主人公一起做陶的经典镜头。

"嗨，老同学，想什么呢？"她看我一直在发愣。

我回过神，忙说："哦，没什么。"

一个花瓶在我们的手里完成了，分手时，我们相互留了电话。

最近工作上的事儿，让我心里一直很烦。晚上我顺着步行街漫无目的地走，走到一棵树的时候，很想进去，可店门已经关了。

我想找个人出来聊聊，想了半天，想到了林淋。犹豫着给她打了电话，没想到，她竟然爽快地答应了。

林淋在路灯下向我走来的时候，又让我惊讶了一次。今天的她与那天又截然不同，她把长发挽在脑后，穿着一身休闲装，显得那样活泼、清纯。

"老同学，怎么想起约我啦？"林淋眨了一下眼睛。

"我寂寞了，请老同学陪陪我。"我假装做了一个很失落的表情，然后说，"本来想自己去一棵树玩会儿陶，可是一棵树关门了。"

"一棵树的老板我认识，你请我吃饭吧，然后我给老板打电话，我们玩通宵。"她得意地说。

"好，一言为定。"我像小时候那样伸出了小手指，和她拉了钩。

我们吃了烧烤，看样子林淋很满意。她说她在外地，最想念的就是我们小城十分正宗的烧烤，别有一番滋味。

我和林淋边聊边走到了一棵树陶吧门口，我催她快给老板打电话。她从包里摸出的并不是手机，而是一串亮闪闪的钥匙，在我眼前一晃，说："老板不就在你面前吗？"她笑着狡猾地看着我。

我大悟，假装生气地说："好啊，老同学，原来你是这家陶吧的老板，你不早说。"

那一晚，我们聊了好多。

后来，我接到深圳一个同学的电话，无意中说起了林淋。对方一听，口气显得很无奈，他说："林淋那丫头脑袋坏掉了。"

我一愣，不知道他什么意思。

"你说吧，好不容易出来了，苦也吃了，这些年，终于熬出头了，林淋又非要回咱那个小城。出来的人混得不错的谁还想回去啊，她脑袋不是坏掉了是什么。"他无奈地数落着。

我说："林淋没说为什么吗？"

他说："林淋说了，她是一棵树。"

"一棵树？"我好奇地问。

"是啊，她说她是一棵树。小城是她的根，根壮了，她这树才能长大……"

我默默地放下电话，胸腔里涌动着一股热浪，我又想起了展柜上的那一棵树。

我想下次去一棵树时，我要告诉林淋，我也想做一棵树，就扎根在她的身旁。

（入选《都市心情书系流行吧系列 – 陶吧》）

陪我看月亮

三个八分钟

◀ 微　笑

春嫂感觉手心里湿漉漉的，若是一块抹布，准能拧出水来。

她一会儿走出门去向村口张望，一会儿又像想起什么，一头扎进后屋，可进了屋，她又忘记要做什么了。

"换种生活，让自己变得快乐……"手机铃声突然响起，春嫂吓了一跳。回过神来，春嫂乐颠颠地拿起手机。这铃声是女儿唱的歌，每次手机响，春嫂心里都暖暖的。

"妮，到哪了？不是说两个小时就能回来吗？家里亲戚可都在前屋候着呢。"春嫂接通后急忙问。

"那个……妈，我，我有个事儿想说……"电话那头吞吞吐吐。

"你这孩子急死个人，有啥话快说啊！"春嫂的眉头拧成一个疙瘩。

"妈，那个，成林第一次来咱家，你能不能和我大姨说一声，让她代你出面啊。妈，我不是别的意思，你别多想，我是……"

春嫂没听清女儿后面的话，她的眼睛红了，两行泪瞬间就流了下来。她用手背抹了一下眼睛，嘴里说："好，妮，妈明白，不会让你难堪的。"

挂了电话，春嫂伏在桌子上，肩头一抖一抖的，没有发出任何声音。

春嫂拿出镜子，对着镜子里的自己，用力拉扯嘴角，想笑一下，可紧绷的脸，做一个微笑的表情，显然有些困难。

"妮她妈，你在干嘛呢？"

春嫂听到声音，慌忙转身，把镜子藏在身后。看到进来的是妮的大姨，才把镜子放在桌子上。一边示意妮的大姨坐下，一边说："刚才妮来电话了，她想让你替我接待成林。"

"咋啦？莫不是这妮在城里学着开始嫌弃自己的妈了？如果是这样，我不干。"妮的大姨一听，站起来瞪着眼睛说。

"你坐下，小点声。妮这孩子在城里吃了那么多苦，好不容易遇到一个家境富裕的人家，关键成林喜欢她，她也喜欢成林，第一次来家里，我可不想坏了妮的好事儿。"

"这是什么话，怎么就坏了妮的好事儿啦？难不成以后都不见了？成林若是嫌弃你，咱就不让妮和他在一起。"妮的大姨不依不饶。

"以后再说以后的，今天别让妮为难就成了。你就说我去外地还没回来，快去前屋准备一下，和前屋的亲戚们打声招呼。"春嫂说完，拉起妮的大姨就往屋外推。

春嫂坐在桌前发呆，目光又落在镜子上。她拿起镜子，努力地拉扯嘴角，最后深深叹了口气。她眼前又出现那场大火，火光染红了天，春嫂觉得周围那么炙热，脸上撕心裂肺地疼。她呼吸越来越急促，胸口一起一伏。

一阵汽车喇叭声，把春嫂的思绪拉回来。她紧张地站起来，急忙向屋外走，可脚刚迈出房门，突然停在空中，又缩回来。

她听着前院女儿的笑声，听着亲戚们说话的嘈杂声，她努力想分辨哪一个是成林的声音，却怎么也分辨不出来。

她有些疲倦，重新靠在椅子上，想起二十七年前，她远远看到自家的方向火光冲天，立刻扔下锄头，往家里跑。她看到自家房子着大火，邻居们拿着水桶对着大火浇水。她疯了般冲进去，当她从着火的房子里爬出来时，怀里的妮很乖，竟然一声都没哭。如今妮长大了，出落成一个漂亮的大姑娘，可真好啊！

她又想起妮小时候不懂事儿，总用小手摸着她脸上的伤疤，或许摸上去硬硬的凹凸不平，就问，这是什么？她总是说，妈妈这半边脸，戴了一张树皮面具，等妮长大了，妈妈就摘下来。可她记不起来妮是从什么时候不再摸她的脸了，也记不起来，妮怎么就突然长大了。想着想着，春嫂睡着了。

"妈，妈……"

春嫂一激灵醒了，她以为做梦，可睁开眼睛，看到妮蹲在自己跟前，眼睛红红的。

"这是咋了，妮？"春嫂一边问一边环顾四周，她没有看到成林，心里发慌，急忙拉着妮问："成林呢？他人呢？"

"妈，成林吃过饭后，单位有事儿先走了。"

"你这丫头，咋不跟成林一起走呢？"春嫂疼爱地看着妮。

"妈，我还没和您说说话呢。妈，对不起，刚才……成林走了，大姨狠狠骂了我一顿，我才知道您的脸……可您为啥一直骗我啊！从小到大，我一直相信您的脸是在城里打工时烧伤的。我在心里还怪您为啥不小心，让同学们时常议论我……"妮趴在春嫂的腿上哽咽着说不下去了。

"这不是好好的嘛，哭个啥。"春嫂摸着妮的头，把头扭到一边看着窗外。窗外的天蓝得像一潭水。

妮抬起头，颤抖着手，要去摸春嫂的脸。春嫂急忙握住妮的手，把她的手放在自己的手心里，抚摸着。

"好着呢，好着呢……"春嫂用力拉扯嘴角，对着妮微笑。

（发表于《天池小小说》2021 年 23 期、被《微型小说选刊》2022 年 5 期转载）

◀ 原谅青春

媚儿有一头飘逸的长发，瀑布般，秀发随风飘扬，诉说着如诗的青春。

假期来临，舍友们都回家了，她选择了留校。

她喜欢静静地坐在足球场边的绿荫下看书，不被任何人打扰。球场上那些奔跑的男生，挥洒着青春的汗水，那突起的喉结，像针一样，轻轻刺痛媚儿的心。渐渐地，球场上的男生们成了她心里跳跃的旋律。她并不知道，她却是那帮男生们心中最亮丽的一道风景。

媚儿是安静的，沉默的，有时心事重重，对于球场上那些突起喉结的男生们来说，她更像一个谜。

媚儿不在的时候，男生们会猜测她为什么没有来。当媚儿静静出现在球场边上的时候，球场上的气氛立刻激烈欢腾。当然，媚儿并不知道这个有关于她的秘密。

宏是这帮男生中鬼主意最多的一个，脸上总是挂着那种坏坏的笑，见到女生要么尖叫，要么吹口哨，以引起对方的注意。私下里，他也会对他那帮哥们乱侃一通关于球场边女生的新闻。比如发现哪个女生穿的丝袜好像有个洞，比如发现哪个女生总是盯着谁谁看，是不是暗恋上谁了……引得他的哥们一阵大笑。

今天，宏又是神秘兮兮一脸坏笑地对他的哥们说："谁和我打赌，我能知道那女生用的是什么洗发水！"

"切，少来了你。"其他人不屑地反驳他。

他似乎有点急，说："我只要一闻就知道，谁敢和我打赌？"

"赌就赌，赌什么？"良子扯着嗓子说。他平时最看不惯宏的那种做派。

"谁输了谁请吃烧烤。"宏满脸坏笑。

"好，欧了。"良子做了一个 OK 的手势。

媚儿如往常一样，拿着书坐在球场边的绿荫下看书，如花的脸上总有一丝抹不去的惆怅。

球场上踢球的男生们发现了媚儿，都停下来，笑着看着宏，有个男生用力地推了他一把。

宏张开五指，夸张地梳理了一下自己得意的发型，吹着口哨，扬了扬头，像上战场一样英勇。

他大步走到媚儿身后，抬起手，抚起媚儿的长发，刚要低下头去闻。媚儿一惊，叫着跳了起来。

大家都惊呆了，时间仿佛静止了。

宏的手里拿着媚儿飘逸的长发，确切地说，那是假发。媚儿惊愕地站在一边，稀疏的几缕头发贴在头皮上。

瞬间，传来了媚儿的哭声……

这些自以为很男人的男生们，面对这突如其来的场面，此时都束手无策。宏更是没了那原来的痞子样。

媚儿哭着夺过假发，急急地跑开了，那本书落在地上。

宏拾起书，书页上有个清秀的名字：杨媚。高一三班。

良子的妹妹正好也是高一三班的，从她那里，他们知道了一个关于媚儿的故事。

媚儿原本有个哥哥，在她九岁的时候，哥哥带她过马路，一辆急速的车横撞过来，哥哥为了保护她被车撞飞了出去。她看到了血肉模糊的哥哥，受到惊吓，晕过去了。后来，她就开始掉头发，直到头发掉得快光了，只能戴假发。

宏和他的哥们躺在床上彻夜难眠。

一连几天，足球场上再也不见了奔跑的身影，绿荫下也没有了看书的媚儿。一切似乎都变得死寂一般，又仿佛什么都没有发生过。

良子的妹妹去宿舍看媚儿，发现她红肿着眼睛，神情更加忧郁。她把那本书还给媚儿。

媚儿随手翻开书，却看到一封信夹在书里。

她紧张而好奇地打开，信是这样写的：

杨媚，我知道，我没有理由请求你的原谅，我为我深深伤害了你而自责。但请你相信，我没有恶意，那只是一个玩笑。如果说，非要给自己找个理由的话，就请你原谅青春吧。足球场边，已习惯有你的身影，如果你能原谅，请有时间还来好吗？

信的落款是：一个深深自责的男生。

媚儿的泪不自觉地流出来。当一个女生高傲的尊严扫地的时候，收到真诚的道歉，令人欣慰的事，也莫过于此了。

媚儿换了一身洁白的蕾丝短裙，戴上飘逸的假发，走出宿舍。阳光温柔地照在她的脸上，她闭上眼睛，感受着阳光的爱抚。

球场边，那帮男生坐在地上，看到媚儿走了过来，像天使般。都不由自主地站了起来。媚儿走到他们身边，意外地发现宏那原本酷酷的发型不见了，光光的头上还可以看见青青的发根。

宏说："对不起。"

媚儿张着嘴巴看着宏。

男生们一起唱起了他们自编的歌：

我们有青春

我们有梦想

我们思绪飞扬

我们也迷惑

我们也彷徨

我们和你一样

······

（入选《穿过风雪的音乐盒》一书）

◀ 三个八分钟

　　小凡在寝室里宣布，要单独出去租房住。寝室里的几个姐妹都瞪大了眼睛，他们相互看了看，又都把目光投向小凡。小凡笑着说："别用这种看外星人的眼光看着我，我这是提前出去体验生活。"

　　姐妹们私下猜测着，回想着平时生活中的细节，觉得也没有什么对不住小凡的事儿，最后一致认定，小凡可能有了男朋友。

　　小凡搬出寝室后，大家就特别留意小凡的举动，或者和小凡有密切接触的男生。一段时间下来，他们都失望了。小凡依然独来独往，没有一点值得怀疑的线索。渐渐地，大家也就失去了兴致。

　　寝室里排行老六的小云生日那天晚上，小云的舅舅请客，邀请了小云的好多同学，却没找到小凡。大家在一起吃过晚饭后，有几个男生说，最近新开的一家迪厅很火，叫火柴天堂。大家就拉着小云的舅舅，非让他再请客。小云的舅舅很爽快地答应了。

一帮人拥进了火柴天堂，那里的气氛非常热烈。他们先找地方坐下来，点了饮料酒水。这时候，狂劲的音乐又响了起来，伴随着快节奏、震耳的音乐，那个领舞小姐穿着舞台装，尽情地扭动身躯，热情洋溢。台下舞池里，就连一些不善蹦迪的人，也会跟随着她身体的扭动而活动起来，整个迪厅的气氛空前高涨。那个领舞小姐很会调动现场气氛，不时地随着音乐的节奏鼓动舞池的人们。

　　"哇，跳得太酷了。"几个男生说。

　　小云却瞪大眼睛，张着嘴巴，一副惊讶的神色。

　　"看傻了吧，哈，这生日过得高兴吧，要不你也上去跳一个？"有个男生调侃着小云。

　　"不是，你们看，她……"小云用手指着台上的领舞小姐。大家借着闪烁的灯光，仔细看。突然有人叫道："她真像小凡！"

　　"我觉得……她就是小凡。"小云说完依然惊讶地用手捂着嘴。

　　一曲过后，随着音乐的间歇，领舞小姐从台上走下来，她正要进休息室休息，小云突然大叫："小凡！"

　　那个领舞小姐一愣，看到他们，转身就跑了。小云他们都愣在那儿。

　　校园里，开始有了关于小凡做领舞的传闻。小凡并不在意，她依然独来独往，似乎一切与她无关。小凡顺其自然地成了男生们私底下的一个话题，颇具神秘色彩。

　　那天，一个男生说看到小凡一个人去了医院。这条线索激发了好事者的想象力。关于小凡和别人有暧昧关系导致流产的消息飘进了小凡的耳朵。

小凡来到曾住过的寝室，寝室里只有小云一个人。小云扫了一眼小凡，仍然坐在床上看她的漫画。

"小云，今天能陪我去看一个人吗？"小凡笑着说。

"看谁？"小云头也没抬地问道。

"去了你就知道了，求你了，姐妹一场。"小凡说着，过来拉了小云就走。

他们走进了医院大门，小云有些疑惑。小凡拉着她，乘电梯到了302病房。小凡从玻璃窗看到，里面病床上的女人安静地躺着。小凡冲小云笑了一下，说："那是我妈妈。"

小云跟着小凡进了病房。病床上的女人看到小凡，开心地笑了，并招呼小云一起坐下。

小云说："阿姨，我是小凡的同学。"

女人笑着说："嗯，你是小云吧，经常听小凡提起你。"

小凡这时候拿起暖瓶说："小云，帮我照看一下我妈，我去打瓶水。"说着就出去了。

"阿姨，您这是什么病啊？"小云问。

女人并没有直接回答小云的问题，幽幽地说："我这病啊，恐怕好不了啦，小凡从小就没了爹，这次我病了，她把我接过来。小凡这孩子命苦啊。"说完长长地叹了口气。接着说："她从小就喜欢跳舞，我也知道她每天晚上去迪吧做领舞的事，我一开始反对，用死来吓唬她，可这孩子倔啊，她跪着求我，她说让我每天晚上给她三个八分钟。她说只要有这三个八分钟，她看到我才不会难过。"

"三个八分钟？"小云不解地问。

"是的，小凡说每天晚上十点半跳八分钟，十一点半跳八分钟，十二点半跳八分钟，这样每天晚上只需要三个八分钟，她就可以赚到一百多块钱，就可以给我治病了。"小凡的妈妈眼睛红红的，她坚定地说："小凡向我保证，她每天只是跳这三个八分钟，其他的事与她无关。我相信这孩子。"

这时候，小凡打水回来了，她把热水倒在盆里，试试温度后才给妈妈轻轻地洗手、洗脚。小云静静地看着小凡，看着她那张从容的脸。泪，涌了出来。

（发表于《天池小小说》2010 年 11 期，被《大河文摘报》2011 年 1 月 17 日总第 387 期转载。入选《21 世纪延边作家协会汉文作品集》）

第二辑 三个八分钟·

▶ 甜蜜蜜

方小诺死了。

死在学校后面的河里，河岸边的沙地上，有她错杂的脚印！

学校沸腾了，师生们都围在那里，有嘈杂的议论声、哭声。我看着躺在沙地上湿漉漉的、停止了呼吸的方小诺，仿佛一切都只是我的错觉，周围的议论像农村老家夏夜里的蛙声一样难听。

我又看见方小诺回头冲我甜甜地一笑，长长的睫毛忽闪忽闪的。我一直怀疑那是假睫毛，要不怎么会那样上翘，那样美。甚至会有种想用手去拉一下的冲动，看能不能拉得下来。

真正被她征服，是在那次文艺汇演上，她一身洁白的纱裙，天使般的笑容，一首《甜蜜蜜》唱得许多男生对她动了情。

甜蜜蜜，你笑得甜蜜蜜，好像花儿开在春风里……赢得了满场的掌声，还夹杂着男生们的口哨声。她面对大家的掌声显得有些不好意思，深深地给大家鞠了一躬，跑到后台去了。

从那时起，方小诺就挤进了我的心里，霸占了我心里最柔软的地方。

方小诺就坐在我的前面，她话不多，不像我的同桌林娜是个特张扬的女生。我喜欢自习时看着她瘦弱的背影，她那纱质的白色连衣裙里的白色吊带，总会勾起我的无限遐想。

有时，我会用钢笔敲敲她的座椅，当她回头冲我一笑时，我会假装抓过一道习题问她。她趴在我的桌子上低头在稿纸上飞快地计算时，我就闻到了她淡淡的发香。这时，我的同桌林娜就会拉着我，故意大声地说，班长，我的钢笔没水了，借我用一下你的！或者她会自己来抢我的笔记，说上课时忘了抄了。我咬着牙看着她，她就十分得意地看着我，尔后又紧盯着方小诺，目光冷冷的。方小诺就会转过身去安静地做她自己的事。我常想要是林娜突然哪天扁桃体发炎说不出话，她会不会疯掉。

那天下午，我打篮球弄得一身臭汗十分疲惫地回到教室，正看到林娜站在讲台上眉飞色舞地朗读着什么，而方小诺却趴在桌子上哭，肩头一抖一抖的。林娜看到我进来，高声叫着，班长，你来得正好，快看咱班的特大新闻，我们纯纯的班花方小诺原来和咱班的一个男生有私情！说着又接着朗读起来：小诺，我和你相拥在月夜里，风也缠绵……

我冲上讲台，夺过林娜手里的那张纸撕得粉碎，一把扔在林娜的脸上，对她狂喊，林娜，你太过分了，你闹够了没有！

林娜狠狠地瞪了我一眼，想说什么终没有说出口。她转过身去，故意哼着那首《甜蜜蜜》夸张地扭着腰回到座位上，挑战似地看着如饿狼一样的我。我想我要是狼，我肯定会一口吞了她。

方小诺不再笑了，变得更加安静。她瘦弱的身影显得很孤单，追随她的是嘲笑、是猜测。那些议论的人不知道是出于妒忌，还是只想给无聊的学习生活添加点谈资与乐趣，总之，方小诺变得谨小慎微。她不敢迟到、不敢早退、不敢有一点特殊的和别人不统一的行为，否则又会惹来非议，这不是她凭空想象出来的。

那天她换了件新衣服，林娜一进教室，就围着方小诺转了几圈，冷嘲热讽地说了些难听的话，嗨，方小诺，难道今夜又有约吗？这衣服这么漂亮，是那个他送的吧？方小诺一句话也没说。

周围的目光让她耳热了一整天。

我无法保护她，我知道，我越是保护，林娜就会越嫉妒，方小诺就会越惨。

方小诺还是死了，很突然地死了。或许沙地上错杂的脚印，是她心灵最后对生与死的抉择与挣扎。

法医的结论是方小诺属于自杀身亡。

班主任在班会上说，方小诺不是自杀，是他杀！

全班同学都惊讶地看着老师。老师转过身去，在黑板上写了几个字，当她转过身来的时候，泪水已模糊了她的眼睛。老师轻轻地说，凶手的名字，已经刻在了黑板上，也希望同时能刻在每个人的心里。

我看到黑板上写着，孤立与非议！

我看着前面空空的座位，心在滴血，那首甜蜜蜜还那样清晰地回旋在耳边。

甜蜜蜜，你笑得甜蜜蜜，好像花儿开在春风里……当妻子拉着我的手，时不时地唱起这首歌时，我的心就突然一疼。那个熟悉的背影，那隐隐的吊带就会浮现在我的眼前，愈来愈清晰，像午后的阳光一样刺眼。

当年那封情书是我写的，确切地说，那不是情书，那是一个青少年的个人日记。内容是我的一个梦，一个乡下男生暗恋一个城市女生的梦，与女生丝毫无关。

那张纸我夹在笔记里！

林娜没有扁桃体发炎，因方小诺的死，她的嘴巴也终于闭上了，直到她后来转学，她也没有说出那张纸的主人是我。

（入选《流行歌曲同名小说 – 爱情一阵风》、《微型小说一千零一夜》第二卷）

◀ 苦涩的糖

我知道子腾一直都不喜欢吃糖，他说糖是苦的，以至于，我曾经怀疑他的味觉出了问题。

子腾说，我带你去旅游吧？对了，就去我生活过的小镇吧，那里风景也不错。他的嘴角刻意上扬了一下。

我不以为然地说，旅游，你有那么好吗？一个十足的工作狂！说，什么目的？

子腾举起拳头假装愤怒说，你就不能配合我一次吗，每次都这么残酷。瞬间他又讨好地说，其实……我心里一直放不下一个人，时间越久，我就越想去拜访一下他，顺便算陪你旅游吧。

我们辗转终于到了子腾生活过的小镇，小镇整洁，干净。子腾说，他从十二岁搬出来后，十八年了，第一次回来。子腾说话的时候，我侧脸看着他，他的脸红通通的，涂了一层太阳的光晕。

我说，小镇变了吗？子腾说，似乎好像可能大概没变。

我给了他一拳，我说，你似乎好像可能大概有点紧张是吗？他笑着说，我叫不紧张。但我隐隐觉察出子腾似乎与平时不一样。

根据子腾的记忆与不时地询问路人，我们终于站在了一个院门外，白铁皮包的双扇开的大门，子腾按下了门铃。

半天，门才打开，一个和子腾相仿年纪的帅气年轻人出现在我们面前。他问，请问你们找谁？

子腾盯着他看了一会儿，说，是石凯吧，你不认识我啦？

被子腾称为石凯的年轻人疑惑地摇摇头。

子腾的脸略微发红，终于说，我是砸你家玻璃的子腾！

我奇怪地看着子腾，年轻人听了也张大了嘴，连忙拉着子腾的手说，子腾，原来是你啊，快进来，快进来，这么多年，都不敢认了。同时他也礼貌地把我让进院里。

他们寒暄了几句后，子腾说，石凯，你父亲还好吗？

石凯说，我带你们去看他。

我们跟着石凯走进了旁边的房间，房间里，一个五十多岁的胖男人坐在轮椅上，眼神呆滞。

石叔！子腾喊了一声。胖男人没有反应。

石凯说，我爸他中风后，就这样了，医生说是脑卒中老年痴呆症。

子腾蹲下，靠在石叔的轮椅旁，握着石叔的手，说，石叔啊，我真应该早一些来看你的，我来晚了，我有很多话想和您说的啊。

我看到子腾很痛苦的样子。

石凯慢慢走过去，拍拍子腾的肩膀说，子腾，我知道你想和我父亲说什么，我父亲已经知道了，你放心。

子腾惊讶地看着石凯。

石凯说，你想告诉我父亲，当初砸我家玻璃的孩子并不是你！

子腾一下子站了起来。

石凯接着说，你还想告诉他，他作为一名法官，不能太主观轻易下结论，是吧？你或许这么多年来一直纠结这个问题吧。石凯看了看父亲，继续说，其实我父亲何尝不是呢，当他知道真正砸玻璃的孩子不是你之后，他也一直纠结这个问题，他冤枉了你！

子腾说，可是石叔怎么知道不是我砸的玻璃呢？

石凯说，因为砸玻璃的是我！

为什么是你？子腾不解地看着石凯。

因为我拿了家里的钱，父亲没问原因就狠狠地打了我，我一时生气，就在那天晚上砸了自己家的玻璃。我知道父亲冤枉了你，但当时……当时我真没勇气说。我记得在你家搬走以后，父亲无意中提起你时，我才告诉父亲的。从那以后，他在工作上一直都谨小慎微，如履薄冰。石凯有些歉意地看着子腾。

子腾嘴角上扬了一下，说，都过去了，来看看你们，我放心了。

我陪着子腾走在小镇的街道上，我一句话不说。子腾说，你为什么不问当年到底是怎么回事？

我笑着说，你会告诉我的。

子腾说，当年，我还是一个十一岁的孩子，那天晚上，两个伙伴说石叔找我有事儿。我去了后，看到平时经常在石叔家玩的小朋友都在那。石叔就问我，昨天吃过晚饭，你在干什么？我如实说，在家里画画。石叔突然严肃地问，是不是你昨晚上扔石头砸了我家的玻璃？我急忙说没有。石叔说，他们昨天晚上都在我家院子里玩，就你不在。你要说实话，我就不告诉你爸，还像他们一样，也有糖吃。要不说实话，我就告诉你爸，你爸会打你，他们也都不会再和你玩儿。

我说，石叔吓唬你呢。

子腾摇摇头说，石叔很认真。当时很多小朋友都说，子腾，你承认了吧，老师说承认错误还是好孩子。石叔说，是的，你只要说实话，还是好孩子。

我说，你就承认了？

子腾说，是的，我看到石叔期待的脸，看到那些花花绿绿的糖，我最后承认了。

我们没再说什么，静静地走着，小镇伸向远方的路那么绵延悠长。

（发表于《小说月刊》2013 年 9 期）

◀ 黄土高坡

我每天百无聊赖地从一个聊天室逛到另一个聊天室。

网络就是这样，用不着买飞机票，就可以从一座城市轻松到另一座城市。

进了一个音乐房间，我戴上耳麦，无聊地看着屏幕上面的消息。

"嗨，美女，好吗？"

"美女，家是哪的？"

我轻轻一笑，对于这些，早已熟视无睹，屏幕上的那些闲聊，对我来说，都是陌生的符号，能有多少体贴的温度呢？寂寞与寂寞亲密接触罢了。车水马龙，钢筋水泥，邻居间互不相识，这一切，已经让我变得麻木。

忽然，耳麦里传来一个男人的歌声，浑厚而有磁性：

"我家住在黄土高坡，大风从坡上刮过，不管是东南风，还是西北风，都是我的歌，我的歌，我家住在黄土高坡，日头从坡上走过，照着我的窑洞，晒着我的胳膊，还有我的牛跟着我……"

这声音从遥远的天空而来，不染尘埃。我一下子入了迷，慢慢闭上了眼睛。

一曲结束，我睁开眼睛，看到他的名字，很特别——面包。

我承认，即使再麻木，我也尚存着好奇心，我渴望知道这声音的背后，是一个怎样的男人。

我第一次主动与人说话，我小心地打过去一句话："面包，你的歌声与众不同！"

他回应："是吗？怎么个与众不同法？"后面还有一个笑脸。

我的嘴角轻轻上扬，我说："感觉而已！"

就这样，我们成了朋友。面包告诉我，他的家在黄土高坡。这一点，让我意外。他说他在北京闯荡，只为了一个梦想。我没有探究他的梦想是什么，我只是对黄土高坡充满了好奇。

"面包，在我的印象中，黄土高坡是漫天的黄土、风尘，人们头上围着白毛巾，赶着一群羊……"我第一次滔滔不绝地说了起来。

面包说："我离家已经很多年了，离家时，应该是你印象中那个样子，其实，我的印象中，和你所想的也差不多。"他继续说："你知道吗，我刚出来的时候，每天都睡不着，我思念我的父母，想念我们的窑洞！"

提到父母，我的心痛了一下，这座繁华的城市，人来人往，却找不到自己可以安居的家，远在大山里的父母不知道好不好。

"暖暖，想什么呢？"面包问。

"想家。"我说。

"你知道我们住的窑洞是什么样子吗？"面包并不理会我的话，继续问我。

"不知道。"我的思绪被拉了回来。

"我们的窑洞，冬暖夏凉，不破坏生态环境，不占用良田，是最经济省钱的建筑方式了。有靠山的土窑，石料接口的土窑，一般是随着地势挖掘，没有固定的朝向……"这回轮到面包滔滔不绝了。

我一直微笑着听。

"面包，再给我唱一遍黄土高坡吧，我喜欢！"在他说完时，我提了一个在我看来他也愿意接受的要求。

"嗯。每次想家的时候，我都会一个人唱，你喜欢听，我很高兴！"面包果然没有拒绝。

"我家住在黄土高坡，大风从坡上刮过……不管过去了多少岁月，祖祖辈辈留下我，留下我一望无际唱着歌……"

知道了很多关于面包家乡的情况后，听着他唱这首歌时，感觉就不同了，听来更加深情，仿佛，这就是为他而写的歌。

"今天，我很开心！"面包说。

"我也是。"我第一次感觉，网络也可以这样真实得让人的心里充满温暖。

"你为什么叫面包？"

"我妈妈会做面包。面包，可以充饥，面包有家的味道。面包是一种即廉价又能给人能量的食物，和方便面不一样。"

我被这个男人的简单淳朴感染了。

他问我为什么叫暖暖时，我说，我喜欢温暖的感觉！

之后，面包的歌声一度回荡在我的灵魂深处。

我白天奔走在这座繁华的城市，夜晚，我在那间音乐房间静静地听歌。不过，我有很长一段时间没有看到面包的出现。

我想，也许面包回家了，正站在他的窑洞旁，站在黄土高坡上唱他喜欢的歌，他一定吃着妈妈为他特制的面包。我一直不知道他在北京闯荡的梦想是什么，就像面包也不知道我只是一个奔走于城市里的保险推销员。

一天晚上，独自吃饭时，电视传来一个男人的歌声。面包！我一惊，急忙跑到电视机前，正看到一个阳光、帅气的男人拿着麦克风，忘我地唱："不管是东南风，还是西北风，都是我的歌，我的歌……"

我泪流满面，我知道了面包的梦想……

（入选《流行歌曲同名小说－思乡酒》）

第二辑 三个八分钟

◀ 寻找沈一桌

　　祥和镇巴掌大的小镇上，最近陆续来了许多陌生人。小镇上的人们有些不安，他们戒备并好奇地看着这些陌生来客。这些陌生人衣着光鲜，和小镇人们的古朴形成了鲜明对比。更让人们奇怪的是，经常有陌生人向他们打听沈一桌。

　　沈一桌是什么，如果说是一个地方，那么这百余户的古镇上，人们从没听说过有沈一桌这样的地方，如果是一个人，小镇上也从没有叫沈一桌的人。面对陌生人的询问，人们大多摇摇头，闪开了。

　　那些陌生人并不介意小镇人的冷漠，在陌生人的眼里，似乎小镇是他们发现的一个新大陆，一块宝地。他们很有兴致地在小镇的街头巷尾闲逛，对一切充满了好奇，拿着相机东拍西拍，饿了就进街边的饭馆，渴了就溜进茶馆，只是困了累了找不到旅馆，因为小镇上从来就没有一家旅馆，他们只好借住在饭馆或者茶馆或者开商铺的人家家里。

刘茶水的茶馆比以往热闹了许多。从陌生人的嘴里，他知道了沈一桌原来是一个能做天下美味的厨师，但生性孤僻，有个原则就是遇到有缘人才会下厨，而且不多做，每次只做一桌，就隐藏在祥和镇里。

刘茶水百思不得其解，私下里也和孙掌柜、馄饨张、赵裁缝他们讨论，可这百余人家的小镇上，实在找不出谁是沈一桌。

面对这些陆续走了又陆续来的陌生人，镇上的人们也开始渐渐习惯了。新来的陌生人们依旧打听着沈一桌的下落。

小镇上有户人家屋子多，都是祖辈留下来的，平时都闲空着。他就把屋子都打扫出来，写了张"住宿"的牌子挂在大门口，傍晚还真有陌生人陆续进来留宿，第二天走时都会给他一些钱。

有几个陌生人看到一户人家院子里放着一些用草编的小桶、小篮子什么的，非常喜欢。征求了那家主人的同意，拿了一个篮子，硬塞给主人一些钱后开心地走了。那家主人拿着钱愣了一会儿，第二天，她就把自己用草编的所有东西都摆在家门口，自己就坐在门口继续编东西。时常会有陌生人围着她，拍照的，买草编制品的。邻居看到了，也都争相效仿。

刘茶水最近生意有点忙不过来，又新请了两个伙计，他正在茶馆里忙时，有人拍了一下他的肩膀，他回头一看，脸上的笑容就没了。

"怎么啦，刘大叔，看到我像看到债主似的。"说话的是一个穿着和小镇人格格不入的年轻人，叫小六。小六坏笑着看着刘茶水，拿起茶壶倒了杯茶，一饮而尽。

"知不知道茶是用来品的，不是用来灌的，总是改不了这副德行。"刘茶水无奈地摇摇头。

小六也不生气，他说："刘大叔，我今天来可是有事儿和你商量的。"

"你这整天不干正经事儿的人，找我能有什么事？"刘茶水漫不经心地说。

"我们来开一家餐馆，名字叫沈一桌。"小六说。

刘茶水一愣，一时竟口吃起来："你……你说什么？开什么玩笑！"刘茶水看到小六脸上的坏笑没有了，从没见过他这种认真的样子，突然想起小六姓沈，张大嘴巴说："陌生人要找的沈一桌是你？"

"不错，沈一桌是我！大叔，小镇上陆续来的陌生人，都是来找沈一桌的，是我做了大量宣传的结果，至于宣传的手段就不告诉你了，反正我在小镇人眼里一直是不务正业。"

"你这傻孩子，你胆子太大了，你能开餐馆吗，到时候还不是鸡飞蛋打！"刘茶水用手指着小六急得直摇头。

"大叔你错了，你没看到小镇比以前繁华了吗？你们的生意不是比以前好多了吗？来我们祥和镇的，哪怕找不到沈一桌，也不会太遗憾。为什么？因为我细细研究过了，现在旅游热，搞开发旅游的很多，特别是一些古镇，前景很好。沈一桌只是一个引子，我们的祥和镇，才是最终的目标。"

刘茶水似有所悟，沉默了一会儿说："是啊，祥和镇沉睡太久了。"

小六的坏笑又挂在脸上，他对刘茶水说："开沈一桌餐馆，是我以前的一个梦想，大叔放心，我家祖上可是名厨啊，没把握我不会乱来的。一天只做一桌，这算一个旅游特色，可以吸引来客，还可以解决一些小镇闲散人员的就业问题。"

刘茶水第一次郑重地看着面前的沈小六，拍拍他的肩说："我现在知道你为什么来找我了，放心，明天就去和馄饨张、赵裁缝他们商量，你就准备开餐馆吧！"

（发表于《金山》2011 年 6 期）

◀ 喜剧之王

约翰站在舞台上。

"哦，看在上帝的份上，你们对我总是那么热情。"约翰看着台下无数只挥舞的手臂，边想边脱下他的礼帽，绅士地给大家鞠了一躬。

约翰扫视了一圈，每一张脸都洋溢着微笑。这想必就是喜剧之王的魅力吧，他虽然什么都没做，人们看到他，就已经不由自主地笑了。

他右手握着手杖，敲击了两下舞台，扬了一下眉毛，耸耸肩，露出他的招牌微笑，算是和观众打了招呼。台下响起了热烈的掌声。

没错，他天生就不会说话，只能以这种方式和观众互动。可这又有什么关系呢，他的肢体语言和面部表情丰富到你难以想象的地步，若是他开口说话，反而显得有些多余。

"上帝，我保证，这将是一个美好的夜晚。"约翰边想边开始了他的表演。他把礼帽向空中一抛，脚分成外八字，像鸭子一样，快速地移动，脖子一伸，嘴角夸张地上扬，眼珠乱转，最后礼帽又稳稳地扣到他的头上，礼帽仿佛变成千斤重，把他一点一点压下去，直到他坐到台上，脖子似乎全部塞进身体里。他那滑稽的表情，人们看了哄堂大笑。

约翰继续表演着，他看到人们笑得前仰后合。

"哦，宝贝们，看你们多幸福！"约翰努力回忆自己什么时候这样笑过，可他怎么也没想起来，仿佛那已经是很遥远很遥远的事儿了。"该死，我竟然想不起来了！"约翰边想边做着后翻的动作。

约翰会笑，他每天都在笑，各种各样地笑。他的笑被每一个人熟悉，他的笑感染着每一个人。只是人们并不知道，他每一个动作，每一个眼神，在镜子前练习了多少次，他砸坏了多少面镜子。当然这些并不是人们关心的，人们只关心舞台上的约翰能给他们带来什么样的快乐。

"约翰，爱你，太棒了！"台下掌声雷动。

约翰早就习惯了这些，他忽然看到前排一个金发姑娘，很特别。特别之处是因为大家都在笑，只有她在哭，这显得很不协调。

约翰一边表演一边注视着她，她流泪的眼睛像两条隧道。

"不愉快的都统统见鬼去吧，宝贝，今晚笑一笑。"约翰对着金发姑娘努力表演，可那个金发姑娘哭得更伤心了。约翰看着她，不可救药地掉进那两条隧道里。

约翰想起自己小时候，父亲不知为什么离家出走，从他们的生活里永远消失了。母亲带着他，日子过得很艰难。他好久都没看到母亲笑了，他想让母亲再笑一次。他走到正在洗衣服的母亲面前，单脚站立，摇摆着对着母亲做鬼脸。他只想让母亲笑一次，哪怕只有一次。母亲用湿漉漉的手摸着他的脸，就那样一直看着他，没有笑，最后却哭了……

约翰的思绪被人们的笑声拉了回来，金发姑娘依然在哭。

约翰突然觉得，所有人都在笑时，姑娘的眼泪多么特别，多么珍贵。约翰有一种找到知音的感觉，他不管姑娘为什么哭，他甚至可以忽略掉让她伤心的原因，而固执地认为姑娘看到了他的心，为他而哭。

约翰也想放肆地哭一回。

"该死，笑可以控制，哭怎么就不行。"约翰觉得眼泪马上就要掉下来了。一个喜剧之王突然在台上哭可不是聪明的做法，何况今晚他希望自己的表演能画上完美的句号。

他无声地大笑着，眼珠夸张地转动，滑稽地拿着手杖，对着自己的头部敲打了一下，然后做出假装滑倒的样子，坐在台上泪流不止……全场沸腾了。

他肆无忌惮地哭着，台下肆无忌惮地笑着。

夜里，住在约翰家附近的人们都听到了一声枪响。第二天，约翰的别墅周围拉起了警戒线。

人们都在议论着是谁杀了他们喜欢的约翰，剥夺了他们的快乐。他们觉得约翰的死和他们每个人都息息相关。

经过鉴定，约翰属于自杀。人们不敢相信，那么幽默的人怎么可能自杀呢。追悼会上，司仪说："约翰曾给我们带来那么多快乐，他一定不希望看到我们流泪，我们要用笑为他送别。"

大厅响起了约翰表演时的欢快乐曲，所有的人都笑着，像在开一场盛大的庆典。

媒体进一步披露，约翰，重度抑郁症。单亲家庭，母亲死于自杀。约翰留下一封信："看在上帝的份上原谅我，我的笑和我的心情无关，那只是一场又一场表演。如果我曾带给你快乐，请用眼泪为我送行吧。"

可是没有人能哭出来，一直笑着送约翰到墓地。埋了约翰，到处还是人们的各种笑声。

（发表于《小说月刊》2018 年 3 期，被《微型小说选刊》金故事 2019 年 1 期、《喜剧世界》2019 年 3 期、《小小说选刊》2019 年 10 期等转载。入选《2018 中国小小说精选》）

◀ 我想有个家

她一直低着头，望着自己的脚尖，双手一直揉搓着自己的衣襟。她能感觉到，自己被无数只眼睛盯着。

天气有些燥热。

她慢慢蹲下，从背包里取出一瓶矿泉水，用力拧开，一扬头，咕咚咕咚，一会儿就喝下大半瓶，喝完用手背抹了一把淋湿的下巴。

她又重新站在那块牌子前，不说一句话。牌子上有五个字：我想有个家。

"唉，看看，现在要饭的越来越不像要饭的了，穿得比谁都好！""什么要饭的啊，我看八成是搞什么行为艺术呢！""得了吧，弄不好是房地产商找的托呢。"周围的人议论纷纷，说什么的都有。有个染着红头发的小子吹着口哨说："妹子，跟哥走吧，哥有家，哥的家就是你的家。行不？"他那腔调让很多人都笑了。

她麻木地站在那。

突然，从人群外，挤进一个中年女人，女人神情有些尴尬。女人走到她的身边，拉着她的手说："凤，你怎么站在这呢，快回家，你爸还到处找你呢！"

她用力甩开女人的手，大声说："放开！我不认识你，我不用你管！"

女人看看她，有些不自然。然后拿起手机，边打电话边挤出了人群。

有人指责她说："这孩子不懂事儿，怎么能对大人这么没礼貌呢。"有的说："八成她妈做了什么事儿让孩子误会了。"周围的人又开始了他们的猜测。

她旁若无人地站在那。

没一会儿，一个中年男人赶来了，他分开人群，冲进去，一把抓住她的手，拖着她就往人群外走。

她用力挣脱，大声地喊着："我就不回去，你凭什么让我回去，我没家！"

她被男人生生地拉走了，看热闹的人也都散了。

第二天，人们发现，她又出现在那里，依然站在那块牌子前。附近的人们都觉得好奇，都静静地观察着。那些围观的，还有举起手机拍照片的，她像站在真空里的雕像一样。

就这样，她每天白天都会出现在那块牌子前。

一星期过去了，那个中年男人又出现了，这次他没有拉她，而是把一封信，塞到她手里，转身就走了。她看着手里的信，急忙打开。信上只有几个字：你刘阿姨已经走了，你回家吧！

她突然像被施了魔法一样，跳了起来，握紧拳头，喊了一声："耶！"捡起地上的包就往小区跑，留下了一脸迷惑的人们。

她跑回家，一看，刘阿姨的行李已经不见了，一切都恢复了原来的样子。她一边哼着歌，一边开冰箱找冷饮喝。进了自己的房间，躺在自己的大床上，舒服极了。

下午，中年男人回来。她跳着跑过去，接过中年男人手里的菜，甜甜地叫了一声："老爸回来了！"

男人淡淡地说："我去做饭。"

晚饭时，她吃得特别香甜，都是她平时最爱吃的菜。她发现父亲只吃了几口后，放下筷子一直静静地看着她吃，一句话没有说。

晚上，她听到父亲长长的叹息。她突然觉得心里酸酸的，她想妈妈了。

一连几天，她发现父亲除了关心自己的日常起居外，一直都沉默寡言。

她突然觉得很孤独，坐在床上，看着妈妈的照片，说："妈，你愿意我爸再给我找一个后妈吗？"她愣愣地看着，最后拿出两张纸，在纸上分别写着：愿意、不愿意。她把两张纸揉成两团，然后放进一个盒子里晃了晃。她的手不知道去拿哪个好，停了许久，最后她放弃了。

她去了父亲的房间，父亲也正在看妈妈的照片。

"爸，我想知道关于刘阿姨的事儿。"她说。

父亲拉她坐在床边，父亲说："你刘阿姨是一个苦命的人，到现在一直也没结婚。你妈妈走之前，给你留了一封信，我看了，但我一直没有给你。"

她有些激动，站起来说："妈妈给我留的信？在哪？你为什么不给我？"

父亲犹豫了一会儿，站起来从床头柜里取出一封信，递给她。

她急忙打开，信上写着：亲爱的孩子，妈妈知道你特别爱我。可妈妈也曾犯了个大错，那就是对不起你刘阿姨，她是妈妈的同学。当年你刘阿姨和你父亲是青梅竹马的一对，被妈妈活活给拆散了，妈妈想让刘阿姨替我继续照顾你，你别拒绝好吗？

她的泪涌了出来，滴在信纸上。

她轻轻地说："爸，其实，我并不讨厌刘阿姨。"

（发表于《雁鸣湖》2016年2期）

◀ 我上铺的兄弟

睡前，我们总是要找个什么话题聊聊的。

寝室里住着八个人，聊天的时候挺热闹，天南海北历史地理，时事政治明星八卦的，能侃多远侃多远。更多的是聊哪个班级的女生漂亮，谁追谁了之类的话题。

那晚，不知道是谁先提起了初中的老师，你一句，他一句，大家都说着与初中老师之间发生的故事。

等大家都说够了。我对着我上铺的说："老八，你说说。"

我上铺的兄弟，身材高大，但在我们寝室里，年龄最小，排行老八。

老八说："我给你们讲一件事儿。有一次，老师在黑板上画了两棵树，一棵参天大树，一棵歪脖树。老师提了一个问题，同学们，如果你是一棵树，你想做一棵参天大树呢，还是想做一棵歪脖树？"

老六说："切，谁不想做参天大树啊！还用问嘛。"

老八说："当时，所有的同学异口同声，都说要做参天大树，老师看起来也很满意。但我没回答，我只是在低着头思考问题。我在想，他们为什么都喜欢做参天大树呢？"

老六又忍不住了："你脑袋进水了吧？谁不知道参天大树是有用之材啊。"

老大说："就你嘴欠，听老八接着讲。"

老八说："老师发现我低着头，就叫我的名字，我站起来平静地看着老师。老师说，你为什么不回答呢？我想了想说，老师，我想做歪脖树。"

我们几个都笑了，老六笑得最厉害。

老八说："没错，当时我那些同学们也都是和你们一样的反应。当时老师睁着眼睛看了我半天，老师问，你能说说为什么吗？"

老大也忍不住了，说："就是啊，你当时是怎么想的啊？"

老八说："我说，如果我真是一棵树，我愿意做歪脖树。因为对于树来说，最重要的是活着，活着才是树的意义。我家后山上参天大树都被人砍伐了，只剩下几棵无用的东倒西歪的树，但它们却活得很好。"

我们都没再笑，也没说话。

老八说："当时老师也没说话。安静地看了我半天，示意我坐下。那堂课后，他一直记得我。"

那天晚上，我们都觉得老八挺哲学的。

老八平时喜欢看书，喜欢思考问题，经常会看到他坐在那发呆。他还喜欢写东西，写完了又撕下来揉成一团丢进垃圾桶。他就这样反反复复，乐此不疲。

老六每次看到，都从垃圾桶里捧出那些被揉成一团团的纸，夸张的十分痛苦地说："树啊，树啊，大哥，参天大树啊。"

老八就歪着脖子耸耸肩摊开双手说："抱歉。"

让我后来一直无法忘记老八的还有一件事儿。那天大家都在谈自己的理想，都对未来充满了极大希望，仿佛下一个达·芬奇，下一个牛顿，下一个贝多芬就在我们几个人中产生了。大家兴致很浓，老八还是不说话。

我对我上铺的兄弟一直好奇，我说："老八，你呢？"

老八一抱拳，笑着说："各位大侠们，将来小弟走上社会可全靠各位了，有你们，咱就齐活了，哪行哪业都有精英啊，未来真美好。"

我们一阵狂笑。

老六说："别贫，说说。"

老八说："我其实从小到大一直都没有过理想。我不知道将来要成为谁一样的人。这么说吧，那些遥不可及的山峰，我恐高，因为我还在山脚下呢。"

我好奇地问："可你样样都很出色啊？没有理想，怎么能有动力做到这些呢。"

老八说："如果给你一个苹果，放在你一用力跳起来就能拿到的地方，你会不会很有动力？苹果就是我的目标，我从小到大，我的前方，一直有这样很多诱惑我的苹果。每每拿到，我都会很快乐，我也有了征服下一个苹果的信心与勇气。"

老八的话，许多年后我一直都记得。上了大学，有了新的室友，但对于老八，我一直没有忘记过。

涌入社会后，与以前的室友们渐渐失去了联系。那次老大打来电话，说起当初同住的日子，我们都会忆起那次关于理想的夜谈，都会自嘲被社会牵着跑，都会不由自主地想起老八。

后来，领导交给我一份资料，让我去采访一个获奖的摄影作者。这组照片在网络里和电视上突然走红。画面震撼人心，反对猎杀，拯救生灵。通过图片能深深感知摄影者的善良与悲悯情怀。似乎有一双眼睛在画面之外一直注视着你。

我拿出资料一看，拍摄照片的作者竟然是我上铺的兄弟，老八。

（发表于《延边日报》2014 年 12 月 24 日）

◀ 只要一碗汤面

他进来时，我的心就有些发怵。

他穿一件灰色无袖 T 恤，胳膊上刺了一条张牙舞爪的青龙。下身穿一条破了洞磨得发白的牛仔裤，头发在脑后梳了一个小辫子。戴着墨镜，我无法判断墨镜后面的目光锁定的具体位置。他一屁股坐在椅子上，跷着二郎腿。

我坐在吧台后面，低声对侄女说："小心侍候。"

侄女走过去，说："您好，您需要什么？"

他说："只要一碗汤面。"声音冷冷的。

侄女送上一碗冒着热气的汤面。他拿起筷子，轻轻挑起几根送进嘴里，边慢慢嚼着边环顾四周。有的顾客看他一眼，低头吃自己的不再说话。

我心里暗暗着急，思忖着，是不是哪家面食馆看我生意兴旺，故意找人来捣乱的，我现在只能静观其变。

一个小时后，他站起来，向吧台这边望了一下，把钱扔在桌子上，转身走了。

佺女说："叔，他只给了五块钱，还少三块。"

我摆了摆手，说："记住，就是不给钱，这样的人咱也惹不起。"

第二天午时，客人正多时，他又进来了，一屁股坐在一张空位上。边上的人看他那样子，都起身移到别处，有的直接把各种面食打包拿走了。

我心想，还真是找事儿的。我给佺女递了一个眼色。

佺女小心走过去说："您好，您需要什么？"

他依然冷冷地说："只要一碗汤面。"

佺女送上一碗汤面。他依旧不慌不忙边吃边环顾四周，最后，一直看向吧台后的我。我假装低头算账，不去看他。

一个小时后，他站起来，把钱扔在桌上，走了。

佺女唠叨着："总点最便宜的汤面，又是五块钱，他那样子往那一坐，不紧不慢地吃着，把客人都吓跑了。"

我摆摆手，心里暗暗猜测他是哪路神仙，只希望以后他不要再来。

第三天，他又来了，依然只要了一碗汤面。我头都大了。天气很热，可我却感觉有些发冷。

店里客人走得差不多了，他还在慢慢喝着汤面里的汤。我实在忍不住了，站起身，走过去，说："这位大哥，您需要什么？"

他冷冷地说："没看到吗？只要这一碗汤面！"

我感觉我的声音都带着哭腔，我说："除了这碗汤面，大哥您还需要什么您就明说吧，小弟是小本生意，虽然平时生意不错，但还得您多关照。"

他把墨镜摘下扔在桌子上，那目光冷得像把剑。他盯着我说："不认识了吧？你先坐下。"

开店的，来来往往人那么多，我实在想不起面前这人到底是谁，不知道他葫芦里卖的什么药，我坐下后愣愣地看着他。

他重新又戴上墨镜，说："两年前，有一个乡下人来到城里，到处找工作都没有着落，在又一次被一家拒绝后，又失落又饥饿，他去了一家面食馆，只要了一碗最便宜的汤面。当时，那个老板就没正眼看他，盛了一碗放在桌上，坐在吧台后，一直盯着他吃。还不时地催促，说乡下来的，客人多，赶快吃好让位置。周围都是鄙视的目光，盯得他的脸热热的。后来，乡下人吃完付钱时，摸遍了身上所有口袋，发现只有五元钱。老板说，汤面六块钱，吃不起，就别吃什么汤面，在街边买个馒头就行了，别耽误我做生意。后来……后来，老板把乡下人推了出去，把他用的那只碗扔了出去，狠狠地说，送你个碗，也许会用上的。"

他说到这停顿了一下，看着我。我从他的目光中，似乎看到了什么。

他说："想起来了吗？那个乡下人，就是我！"

原来面前的这个小子就是两年前那个落魄的乡下人。哼！两年前一碗汤面六块，现在可是一碗八块了，得让他把这几天欠的钱都给我补齐了！我刚要发作，但是当我再打量他时，心又悬了

起来——他如果还是两年前的乡下人，怎么会有胆量这样对我？莫不是已经混出名堂了吧。

我站起身赔着笑说："是，是，都是小弟不好，以后再也不敢了，您大人有大量，放小弟一马吧。"

"你们把一些人踩在脚下，心里又畏惧另一些人。实话告诉你，这两年，我依然落魄，我只是不得已换了一下装扮而已。"他冷笑了两声。扔下五块钱，转身走了。

我看着他的背影，感觉他可比两年前高大健壮了许多。

（发表于《小小说大世界》2013 年 3 期）

◀ 爷爷的翡翠烟袋

　　我和爸爸妈妈住在镇上，爷爷住在离镇不远的村子里，从镇上走到村子也就十五六分钟。自从奶奶因病去世后，我就经常放学去村里的爷爷家。在我眼里，小村还是很美的，有绿油油的稻田，飘香的桂花树，还有一眼望不到边的水库。记得在我很小的时候，大人们都到水库洗衣服，有说有笑的。现在看不到这样的情景了，村里只有老人和小孩子，大人都出去打工了。

　　爷爷每次看到我来，都很高兴。爷爷一边和我说话，一边抚摸他的翡翠烟袋。我知道，那是奶奶送给爷爷的，他当宝贝一般。

　　"爷，是不是又想我奶了？"我看着爷爷。

　　"早晚我会见到你奶的，早一天晚一天的事儿。"爷爷看着墙上奶奶的照片说。

　　我不喜欢爷爷说这样的话，可我不知道怎么说才好。我觉得村子太安静了，我也实在不知道在村子里还能做点什么。

　　发现爷爷的秘密也不算偶然，我也不知道那算不算秘密。以前每次来爷爷家，爷爷总是在家静静坐着。后来爷爷的门偶尔挂着锁头，我问爷爷干嘛去了，爷爷说在家太闷了，去水库走走。

有一次，爷爷家又挂着锁头，我就去水库看看能不能找到爷爷。远远地，我看到水库边上，村里的花奶奶在洗衣服，爷爷坐在一边，和花奶奶聊着什么。花奶奶快人快语，微胖，特别喜欢穿碎花衣服，所以我们都叫她花奶奶，花奶奶的丈夫早些年去城里出车祸去世了。

　　"爷爷，花奶奶。"我欢快地叫着。

　　"看，我大孙子放学了，走喽，回家做饭去。"爷爷站起来拍了拍屁股。

　　"哟，小军这孩子都长这么高了，上初一了吧？"花奶奶乐呵呵地说。

　　"是啊，花奶奶。"我一边挥着手，一边跟在爷爷的后面。

　　从那之后，只要我找不到爷爷，去水库边或者花奶奶家准能找到，两个老人总有说不完的话似的，至于说什么，我也没那么关心。有时候我和爷爷吃着饭呢，花奶奶会送过来自己炖的鸡肉或者煮的腌蛋什么的。爷爷好像也变得气色好了很多，自从奶奶去世这么久，我还是第一次觉得爷爷有了精神。

　　"军啊，你觉得你花奶奶人怎么样？"爷爷突然问我。

　　"挺好的啊！"我想都没想脱口而出。

　　爷爷笑着摸摸我的头。

　　那天我和爸妈看电视，爸爸问我："你天天去看爷爷，爷爷身体还好吧？""好着呢，有花奶奶天天陪爷爷聊天呢。"我边看电视边说。

　　后来，妈妈偶尔也回去看爷爷。

　　一次我放学刚回到家，就听到房间里爸妈在争吵，好像因为爷爷和花奶奶。我放下书包，就往爷爷家跑。爷爷坐在那把摇椅上，眼角似乎有泪痕。看到我来了，坐直了身子说："军，你看到爷爷的翡翠烟袋了吗？"

"没看到啊！"我疑惑地说。

爷爷"哦"了一声，然后身体又缩回摇椅里，我感觉爷爷突然那么瘦小。

回到家里，我对爸妈说了爷爷的翡翠烟袋不见了，那可是爷爷的命根子。妈妈说，她知道这事儿，她还因为这事儿去质问了花奶奶，因为只有花奶奶经常去爷爷家。

爷爷越来越瘦，病倒了。我给爷爷喂小米粥，爷爷只喝了两口就摇了摇头。花奶奶端着鸡汤进来了，确切地说，应该是刚迈进来一只脚，她的声音就传了进来："老哥，今天感觉好些了吗？"她把鸡汤放在床边的桌子上，似乎想要拿勺子喂爷爷，碍于我在，就一直站在床边。

"你来干什么？"我对花奶奶说。我想起了爷爷的翡翠烟袋，爷爷的命根子，她之前对我的好一下子都烟消云散了。

爷爷急得连连咳嗽，一边咳嗽一边向我摆手。我只好闭了嘴。

花奶奶眼圈红了，转过脸去擦了擦。回过身对我说："小军，好好照顾你爷爷，我家里还有事儿，先回了。"

后来，听说花奶奶被儿子接到城里去住了。

爷爷整天躺在床上，盯着奶奶的照片。没熬多少日子，爷爷在我的痛哭中去见奶奶了。爸爸把爷爷和奶奶合葬在一起，就在小村东头的田地里。

后来的某一天，我又见到了爷爷的翡翠烟袋，它躺在妈妈的梳妆台最下面的抽屉里。我抓起翡翠烟袋，流着泪向爷爷的坟跑去。

（发表于《天池小小说》2017 年 11 期）

第三辑

等待燕归来

◀ 绝命刀

贺掌柜喜欢习武。让人奇怪的是直到他父亲去世，他也没得到他父亲的真传。贺掌柜的父亲贺一刀，江湖上那是无人不知、无人不晓，刀法出神入化，对坏人一刀毙命，绝不留情。贺掌柜只能在父亲练功时，偷学了些武艺。

贺掌柜经营一家当铺。一天，当铺里进来两个人，一老一少。少年一身白衣，风度翩翩。老者却显得体虚无力，面色苍白。

少年扶着老者坐下后，说："掌柜的，我们急需银两，当一把刀，可收？"

贺掌柜一听是刀，兴趣来了，说："先让我看看刀。"

少年从包袱里拿出一把刀放在柜台上。长刀出鞘，冷冽的刀光充斥着整个铺子，顿时让屋内的气氛冷了下来。贺掌柜定睛一看，心里吃了一惊，绝命刀！江湖人相互残杀，人人都想得到的宝刀，怎么会在他二人手里。贺掌柜心想，无论如何我都要把刀留下。

少年说："您看好了吗？"

贺掌柜不动声色地说："这是一把普通的刀。"

少年轻蔑地说："您可看好了，这、可不是一般的刀……"话还没说完，老者咳嗽了起来。

少年焦虑地走过去说："师父您没事吧？"

老者挥挥手，说："徒儿莫狂妄，这本是一把普通的刀。"说完转过头对贺掌柜说："掌柜的估摸着给些银两便是。"

少年正要说什么，被老者瞪了一眼，只好闭了嘴。

贺掌柜大喜，心想，他二人果然不识宝刀。喜滋滋地拿出一包银两递给少年，少年接过银两，扶老者离去。

贺掌柜自从得到绝命刀，便多了许多心事，常常独自对刀叹息，夜晚经常无法安睡。几个月工夫，人也瘦了一圈。

一天夜里，贺掌柜被一种细微的声音惊醒，借着月光，他看到一个黑衣人从卧房的暗室出来，怀里抱着绝命刀。他大喝一声，大胆贼人！话声未落，只觉眼前寒光一闪，便什么都不知道了。

醒来后，贺掌柜发现自己的右臂已经无影无踪了，一阵钻心的疼痛。床前站着一个白衣少年，细看，原来是当初当刀的少年。

"谢谢少侠救命之恩。"贺掌柜惭愧地说。

少年悲伤地说："掌柜的不用客气，我师父已经死了，我马不停蹄地赶回来，就是想赎回绝命刀，可还是晚了。"

贺掌柜一惊，说："原来你知道那是绝命刀？"

少年微微一笑说："当然知道。为了那把绝命刀，我师父与无数江湖人周旋了两年。师父说，宝刀在正义人手里，江湖上就会少些无辜人送命。几个月前，因为绝命刀，他受了伤。"

贺掌柜缓缓点头，突然又问："既然这样，他为什么要把刀当掉，又为什么说那只是一把普通的刀？"

少年叹了口气说："因师父受了重伤，又有江湖人暗算。师傅说，人人都想得到的东西，拥有了未必是好事，会反受其害。没能力拥有时只能放下。"

少年直视着贺掌柜接着说："至于师父为什么也说那是一把普通的刀，我想您心里应该有数。师父说，他从你的眼睛里，看到的除了贪婪，还有一层杀气。"

贺掌柜愣了一下，说："尊师真是一位高人！唉，他不知道我为什么非要留下绝命刀。"

少年说："愿闻其详。"

贺掌柜说："绝命刀是我祖上传下来的。我父亲就是江湖人人皆知的贺一刀。"

少年大惊，刚要开口，贺掌柜说："听我把话说完。父亲当年外出，从贼人手下救了一个人，把他带回家，两人都痴迷武艺，天天在一起切磋，一晃三年过去了，他们结拜为兄弟。后来，这个被我父亲视为兄弟的人，偷了绝命刀，被我母亲发现了，他残忍地杀害了我母亲，带着绝命刀消失了。不久，听说这个人也死于非命。父亲悲愤交加，他觉得人心难测，江湖险恶，不让我习武，也从不传授我贺家刀法。所以，那天看到绝命刀，我无论如何也要得到。"

少年听完，感叹着说："常听师父提起贺一刀，却不知他是令尊。"

贺掌柜叹了口气说："这是天意。"突然想起了什么，随即问道："你刚才说要赎回绝命刀，为什么？"

少年说："既然绝命刀让许多人死于非命，为什么要留着它呢，我想赎回后毁掉它！"

贺掌柜笑着说："少侠只知道绝命刀是宝刀，却不知道它坚固的程度，或许，世上还没有人能将它毁掉。即使你能做到，那也只是毁掉一把刀而已，江湖上，还会有许多宝刀宝剑问世，少侠能都毁掉吗？"

少年思忖了一会儿，喃喃道："刀没错，错的是人心。"他长出了一口气，抱拳对贺掌柜说："谢掌柜的指点，保重！"

多年后，贺掌柜听到一个消息，一个白衣侠客，阻止了一场武林劫难，击退许多歹人，用的就是那把绝命刀。

（发表于《小学生拼音报》暑假合刊 2012 年 7—8 月第 25—32 期）

◀ 白　狐

　　他是村里的捕狐能手，每年冬天，他都会去捕狐。狐狸皮的价格几百元呢，这个诱惑对于他来说，实在不小。

　　他有自制的工具，用竹子做的大号异形夹子，竹子的韧性很好，弹力也大，在夹子口都有像锯齿一样的钢刀片，十分锋利。设计的尺寸，正好卡在狐狸的脖子部位，只要狐狸踩上，百分之八九十都会刺中喉部毙命。

　　每年冬天，他的收获都不小，除了自制工具，他还有搜寻狐狸的看家本领。村里其他小伙子想效仿，都空手而归。

　　村里的老人，每每看到他提着死狐狸回来，总是摇头叹气。

　　"作孽哟！"张老汉把烟袋往石头上一磕，看着他说。

　　他就笑笑说："有本事，您捉一只我看看。"

　　张老汉摇着头说："这狐啊，都是有灵性的动物，成了精的狐狸，只有雷公才能劈它们，你这样乱捉乱杀，小心要遭报应啊！"

他从来不理张老汉那一套，什么狐狸有灵性，狐狸能成精的，捕杀了那么多只，也没见有什么报应，小日子倒是越过越好了。

冬日的山林是寂寞的，偶尔有野鸡突然从身边飞起，发出一声鸣叫，一般人也会被吓到的，但是他早就习惯了。一些枯树枝在他脚下不时发出断裂的声响，有鸟儿被惊起，拍着翅膀惊惶地飞向别处，他便学鸟叫的声音自娱自乐一番。

他发现了一个洞口，洞口虽然不太大，但四周光滑，他又查看了一下周围，断定这是狐狸出没的地方。他把夹子布置在洞口处，然后高兴地离开了。

第二天，他满心欢喜地来到这个洞口，可他并没有发现狐狸的影子，而他的夹子也不见了。他在洞附近寻找了一会儿，看到他的夹子被挪到了洞边的草丛里。他把夹子重新放在洞口，布置好后，怏怏地下了山。

第三天，他又上了山，走到洞口时，又没有发现狐狸的影子，而他的夹子依然在洞口不远处的草丛里安静地躺着。他十分郁闷，一股无名火也窜了上来，是哪个混人把我的夹子扔了，看我发财他眼红了吧。不行，我一定得把这个人找出来，看我怎么教训他！他愤愤地把夹子重新放回洞口，布置好后，看四周无人，悄悄地爬到洞口上面的一棵几米高的大树上隐藏起来。他想，一定要把这个扔他夹子的人抓住。

等了几个小时，都不见有人来，正当他有些泄气的时候，有一只狐狸出现了，它一身洁白的毛，从远处往洞口跳动。

他兴奋起来，他想那只白狐再往前跳一下，就撞上他的陷阱了！他目不转睛地盯着那只白狐。可是，白狐却停了下来，在原地徘徊，他的心提了起来。忽然白狐一个转身，不见了，一个白衣女子站在原地。

白衣女子叹了口气，说："唉，这个人啊，真是屡教不改！非得夺我性命不可。"

他在树上听到，想起了张老汉的话，小心要遭报应啊！他头皮一麻，腿一软，不小心从树上摔了下来，他惊叫一声，心想，这回完了，他布置的夹子正在树下洞口处！

他突然觉得自己的身体像落入了温暖的棉花包里的感觉，一点都不痛，然后稳稳地站立在地面上。同时，他听到一声尖利的哀叫。他回头，看见那只白狐被夹子夹中，夹子那锯齿样的钢刀片卡在了白狐的颈部，白色的皮毛上，瞬间盛开朵朵殷红的花……

那只白狐挣扎了几下，眼角流出一滴泪，慢慢地不动了。

他惊魂未定，慢慢地走过去，蹲在白狐边上，他用手轻轻地抚摸着白狐。他不知道刚才那女子是谁？是白狐吗？他难以相信，但那女子的话又那么真切。是幻觉吗？自己从几米高的树上摔下来却安然无恙。他现在努力回忆那白衣女子的面容，却一片模糊。是梦吗？明显又不是。

他把白狐从夹子里取下来，抱在怀里，匆匆下山了。

张老汉又看到他，指着他的背影说："作孽哟！"

他没有像以往那样笑着和张老汉打趣，也没有理张老汉，默默回家了。

以后，村里人再也没有看到过他上山捕狐。有年轻人请教他怎么捕狐时，他也不说话，脸色很难看。在他家里，捕狐的自制工具也都不见了，墙上，一直挂着那张白色的狐狸皮。阳光透过窗子，那白色的皮毛在阳光的照耀下，依然闪亮。

（发表于《小小说大世界》2014年9期，被《小小说月刊》2016年3期、《微型小说选刊》2016年10期转载）

◀ 祥和镇的怪事儿

祥和镇并不祥和，祥和镇里的人天生脾气暴躁，沾火就着。

祥和镇出了一件怪事儿，百余户人家的小镇上，每天都会有人发现自己家丢了一样东西，而同时也会发现多出一件东西。最先发现这怪事儿的人是镇东卖肉的王屠户。

王屠户一天早晨起来，习惯地去案板上拿刀，发现刀不见了，在原来放刀的地方多了一个茶壶。他拿起茶壶仔细看，发现壶底有四个字：刘记茶馆。

王屠户一拳砸在案板上，心想，好你个刘茶水啊，半夜来抢走我的刀，摆明了不让我做生意。留下一把破茶壶，明摆着向我示威嘛，我王屠户如果怕了你，我就不姓王。

刘记茶馆的掌柜，小镇上的人都叫他刘茶水，之前是个摆茶水摊子的，后来才开了茶馆。他刚起来，就听到门口王屠户杀猪般的叫声："茶水刘，刘茶水，你给我滚出来，欺负到老子头上了！"

刘茶水出门，看到王屠户一脸凶相，就问："你一大早闲得难受吧？"

王屠户没说话，上来就给了刘茶水一拳，刘茶水倒在地上，脸肿了起来。王屠户说："你再装，你自己干的好事，拿了我的刀，还留一个你店里的破茶壶，明摆着欺负我呢。你是嫌我在你茶馆旁边做生意了吧，今儿给你个教训，我王屠户不是好惹的。"说完走了，留下捂着脸的刘茶水在那发愣。

被打了的刘茶水回到茶馆里，心想，怎么会有我茶馆里的茶壶呢。他忍着脸上的疼，清点了一下他的茶壶，的确是少了一个。他又发现，集中放茶壶的地方多了一个大碗。拿起碗细看，觉得眼熟，猛地想起，这不是馄饨张家特制的大碗嘛。他咬着牙气愤地想，好啊你个馄饨张，你让我挨了打，我和你没完。

刘茶水小跑着去了馄饨张的面馆，发现面馆里只有伙计在，一问，才知道，馄饨张去了李铁匠家。刘茶水刚来到李铁匠家门口不远处，就看到李铁匠和馄饨张抱在一起，在地上打得火热。他摸摸自己的脸，心里终于舒服了些，转身回茶馆去了。

就这样，小小的祥和镇每天都有人丢东西，每天都有人打架，每天都有人受伤，这似乎已经成了习惯。在祥和镇人的眼里，习惯就是习惯，没有人去问原因。

终于有一天，赵裁缝早上起来，发现家里多了一个水桶。找来找去，竟然什么东西也没丢。赵裁缝围着水桶转了两圈，这一转就让他想起了自己的爹。他打开一个柜子，拿出一双布鞋。在他小的时候，爹曾经和这布鞋的主人去外地，回来时，身上能用的东西都进了路边的当铺。在一个破房子里过夜，醒来时，鞋的主人不见了，就留下了这双布鞋。爹走回祥和镇时，脚是光着的，脚底磨破了，他也没动这双鞋。爹说，这是别人的东西，别人的东西咱再需要也不能动。后来一直没有打听到鞋主人的消息。爹上天享福的那天，把鞋传给了他。赵裁缝看着布鞋，长出了一口气，他拎起水桶放在自家大门外的街道上。

这一反常的行为，改变了小镇已有的习惯。

药铺的孙掌柜发现自己丢了水桶，多了一盏油灯，就去街上想找小偷算账。他走着走着，发现自己家的水桶在街道上好好地放着呢。一高兴，拎回去了。回到药铺的孙掌柜看着那盏油灯发愣，他一拍脑袋，拎起油灯走到门外，左看右看，最后把油灯挂在街边树丫上。

第二天，树丫上的油灯不见了。

祥和镇又出了一件怪事儿。如果谁家发现丢了东西，不用着急，在小镇上转一圈，总能在谁家门口找到。自己多了的东西也被习惯地放在自家门口，第二天放在门口的东西也就不见了。小镇上再也看不到有人打架了。

离小镇不远的一个破庙里，有两个乞丐在喝酒。其中一个说："师兄，我没说错吧，祥和镇的人虽然平时脾气暴躁，性格刚烈，但他们本性并不坏。"

另一个乞丐喝了口酒说："师弟，这次你赢了，我输得高兴。

之前的祥和镇像撒了火药，沾火就着，如今的祥和镇真的祥和了。"

"是啊，我们可以回去和师傅交差了，他老人家以后不用经常念叨他那双布鞋了吧……"两人相视而笑。

（发表于《天池小小说》2011 年 2 期，被《青年文摘》彩版2011 年 7 期、《微型小说选刊》2011 年 11 期等多家报刊转载）

第三辑　等待燕归来

◀ 城里的牧羊人

小米最近总是凌晨三点多就醒来，像闹钟一样准时。

没有什么心事，也没有什么让她担忧的，甚至从小到大，一切顺风顺水。都说爱笑的女孩子运气一定不会差，她也觉得是真的。

可最近，她总是凌晨三点多醒来，醒来后就无法再入眠。

她听着爱人轻微均匀的鼾声，很羡慕。闺蜜说睡不着的时候就数羊，数着数着就睡着了。她闭上眼睛，在心里数着：1只羊、2只羊、3只羊……她的脑海里出现了一片绿草地，草地上的羊逐渐增多，那群自由自在的羊，有的在吃草、有的跪在母羊身下喝奶、有的在撒欢奔跑……78只羊、79只羊……越数画面越细腻，越数画面越清晰，清晰得连羊身上的根根细毛都能看见。

她不敢再数了，怕再数就会看到细毛里的跳蚤、细菌、微生物……她重新睁开眼睛，侧过头看着熟睡的爱人，毕竟他的脸要比羊毛好看。她盯着他脸上的一颗痘痘看时，那群羊就不见了。

"你不睡觉干什么？"他被小米喷出的热气弄醒后，看到小米直勾勾地盯着自己吓了一跳。

小米也吓了一跳："我没干什么，你脸上长了一个痘痘。"

"神经啊，快睡觉，我白天还得开会呢！"说完，他转过身去，没一会儿，又响起了均匀的鼾声。

小米也转过身，她知道她根本就睡不着。拿起手机刷了一会儿朋友圈，除了各种广告，各种晒也没什么了。她又想起了那群羊，那群根本就不存在的羊，此时可以陪着她，她想怎样就怎样。她又看到来了一辆大卡车，从卡车上下来几个人，他们拿着绳子。羊到处跑，咩咩地叫。那几个人抓住几只羊，把羊绑起来装上车。她又看到羊被剥了皮，被做成了冒着热气的羊汤、在火上烤得滋滋冒油的羊肉串……她咽了一口唾液，感觉胃里空空的。看看时间，快六点了，她轻轻起床，去了厨房。

他起来后，洗漱完毕来到餐桌前，小米已经把早餐做好了。

他看了小米一眼，发现小米头发散乱地披在肩上，微微皱起眉。拿起勺子喝了一口汤，眉毛便拧在一起。他问小米："你最近哪里不舒服吗？"

"没有啊，身体挺好的。"小米一边回答着一边喝了口汤。随即她也皱起眉头，连声说，"好咸啊！"

"我是说你现在整天都在想什么？"他叹口气接着说，"家里有些乱也就罢了，你照照镜子，你怎么连自己也懒得收拾一下了？以前你那么爱美的！"

小米放下勺子说："我现在也不用上班了，又没人陪我出去，在自己家里随意一点儿怎么啦？你每天上班走了，我一个人在这么大的房子里，我收拾给谁看啊？再说我不知道要干什么，我现在就是觉得心里空空的！"小米一口气说完，感觉堵在心里的东西一下子找到了一个出口。

他愣愣地看着小米，像看一个外星人："可现在的生活不正是你之前一直想要的吗？以前你天天上班，抱怨加班辛苦，羡慕那些不用工作的女人，你说你要是能像她们那样就好了！"

小米刚打开的出口立刻被堵死了，她没再说什么。是啊，她没有理由，甚至没有一句话去反驳他。以前朝九晚五地工作时，那种不用上班可以整天待在家里的生活，就是她一直想要的。他努力奋斗帮她实现了愿望，她再也不用工作了，可她也不知道哪里出了问题。

"我就问你，你到底要什么？"他生气地说。

小米站了起来，倔强地说："我要一片绿草地，我要养一群羊！"说完，她自己都被吓到了，为什么说要养一群羊，她自己都不知道。

他的眼睛睁得大大的，停了一会儿说："好好，听着，你要是真想去放羊，我可以把你送到农村去。你养你的羊，可现在我得开会去了。"他看看表，没再搭理小米，穿上外套走出去。

小米知道，她并不是真的想去养一群羊。她更知道自己也无法适应农村的生活，这些她都懂。有时候，渴望的和现实的是那么截然不同，她开始迷惑了。或许，那片绿色的草地、那群自由的羊，只能生活在她心里。

小米站在窗前，看着周围林立的大厦，似乎透不过一丝风来。在熙熙攘攘的街上，车辆川流不息。渐渐地，她感觉林立的大厦变成了森林，马路变成了草地，车辆变成了羊群，而她，变成了牧羊人。

（发表于《小说月刊》2018 年 9 期）

◀ 隐形的墙

小米是一个对物品都很走心的人。

比如说，手机。我们最多给手机贴个屏保，穿一件漂亮的外衣，脏了擦拭一下，仅此而已。

小米不是。她睡前，会把手机关机，然后放在枕边，用手一边轻轻拍着手机一边说：晚安喽，好好休息！早上醒来，对着手机说：早安，美好的一天开始了！然后开机。

认识小米的人，多数都觉得她有点儿"另类"。就连她的闺蜜也经常对别人说："小米呀，她就是那种即使生活狠狠地抽了她几巴掌，她都会捂着脸，依然相信生活还会再递给她一颗糖的人。"

小米并不觉得这样有什么不好，她确定自己也不是别人眼里的那种没心没肺。她只是觉得生活就应该过得热气腾腾，过得像在活着。

和闺蜜逛街，看到有个大婶领着个孩子，摘路边花坛里的花。小米马上走过去说："大婶，请别摘了好吗？"

"你是谁？园林处的咋滴？关你什么事儿？"大婶一脸不高兴。

"我不是园林处的，我只是知道花会疼。"小米解释说。

大婶抬起头瞪着眼睛看着小米，像看外星人。闺蜜跑过来拉着小米说："走啦，快走啦。"那大婶在后面喊："哪冒出来的，是不是有病呀！"

小米对闺蜜说："你拉我干嘛？你不觉得那些花会疼吗？为什么你们都感觉不到花会疼呢！"

小米看到闺蜜发朋友圈爆料她是护花使者，她有些不开心。看到一些认识的朋友回复说她有些矫情，小米很郁闷，她不知道她有什么错。

虽然不开心，但小米还是为自己准备了一碗泡面。她不是用开水直接泡，而是把面拿出来，放在锅里煮，卧了一个荷包蛋，最后切了葱花、香菜，撒在上面，香气立刻飘了出来。她郑重地坐在餐桌前，摆好碗筷，点开一首喜欢的歌，边听边慢慢品尝。她想起闺蜜那次失恋跑来找她，她也是这样给闺蜜做了泡面。两个人对坐着，还点上了彩色的蜡烛。闺蜜一边抽泣着一边还没忘嘲笑她，吃个泡面都能吃出西餐的仪式感。想到这儿，她又不由得笑了起来。

手机响了，小米拿起手机一看，是闺蜜打来的，真不禁念叨，小米按下免提键。

"喂，我在吃西餐呢，要不要过来一起吃一碗？"小米开玩笑地说。

"小米，你看到我的手链了吗？我的手链不见了，你知道的，那可是我奶奶留给我的唯一的纪念了。"闺蜜似乎有点着急。

"啊？我没看到啊，你先别急啊，你再找找，看看是不是放在包里了。"小米提示着。

"包里也没有，对了，我们逛街后去喝咖啡时还有呢，会不会落在咖啡厅了？"

小米看看表，不到六点，外面街灯刚刚亮起来。她说："你别急，那家咖啡厅离我家比你家要近，我现在过去看看啊！一会儿再打给你。"小米挂了电话，拿件外套就出去了。

到了咖啡厅，小米直接去前台问："请问，你们有没有发现一条手链？就在拐角那桌？"

小米用手一指，顿时愣了，她看到闺蜜和几个朋友坐在那里，看着她笑。招呼她："小米，过来。"

小米过去说："原来你先到了，手链找到了？"

闺蜜抬起手，小米看到了闺蜜手腕上亮晶晶的手链，放心了。连忙说："找到了就好。"

"你们输了，请客！一会儿吃烧烤去！"闺蜜得意地说。

小米愣了，不解地看着他们。

闺蜜说："小米，其实手链根本就没丢，我说你是我最铁的闺蜜，我有什么事儿你都会帮我，他们都不信，我们就打赌。他们说你不会为一条手链来的，说你或许只是说来看看，未必真的会来。可我知道你肯定会来，看，你爱喝的卡布奇诺我都点好了！"

小米看了看面前的咖啡，说："下午喝过了，现在喝不下了，我家里的西餐还没吃呢，你们慢慢聊啊。"

闺蜜拉着小米说："泡面有什么好吃的，一会儿吃烧烤去。"

小米执意转身，走出几步后，小米突然又站住了，她转身微笑着说："如果，我没说帮你找呢？我是说，如果我突然大姨妈来了肚子疼，或者其他什么你不知道的原因，让我不能来呢？"

闺蜜看了看小米，突然笑了起来："世界上哪有那么多如果呀，你不是主动来帮我找了嘛。"

小米想再说些什么，张了张嘴最后又闭上了。她突然觉得面前有一堵隐形的墙。

街上人来人往很热闹。小米回头看了一眼，咖啡店里的灯光很柔和，她的闺蜜和朋友们在透明的大玻璃窗里笑得那么灿烂。

小米路过那个花坛时，停了下来。她看到几株花茎上，花朵已经不在了，光秃秃的。

小米慢慢蹲下，用手轻轻抚摸了一下折断的花茎，从衣服口袋里掏出面巾纸，折叠了几朵小花插在秃了的花茎上。

洁白的纸巾花在一片色彩中，很显眼。

（发表于《小说月刊》2019 年 5 期）

◀ 寻找凶手

我死了，自杀。可我心里清楚，当时我并不想真的去死。

既然已经死了，就去天堂吧。生前就听说，天堂没有痛苦。可天堂的大门紧闭着，守卫冷冷地说，像你这样的灵魂是无法进入天堂的，地狱才是你的归宿。

我游荡在天堂周围，不想离去。突然，我被一种强大无法抗拒的力量推进了一个漩涡，我在漩涡里打转，下沉，最后来到地狱。

"不想再做人了，做人太痛苦了，让我轮回做一棵树吧。"我说。

一个声音说："即便轮回做一棵树，也要心中无怨恨。可你内心还有怨念，无法轮回。"

"怎样才能解脱？"我的声音冷得像冰。

"去找杀害你的凶手吧，直到你内心的怨念消失。"一个冷冷的声音传来。

当差鬼送我出来，偷偷给我五颗丹药，他说这药可以让害我的人变成一个白痴。

我知道，害我的凶手很多，我若是肉身凡胎，是无法找到他们的。他们隐匿在人群中，就在你们身边。可现在不一样，我可以轻而易举地找到他们。

我回想着我死前的情景。那天，我很抑郁，抑郁不是因为我是一个病人，相反，我用乐观的心态告诉大家，病人也可以拥有自己想要的生活。我的视频里，很多人质疑我，说我装病博人同情。最终我绷不住了，甚至想到了死。我想缓解一下情绪，便打开直播间，想和粉丝们聊聊天。

"我真的好累，我感觉要活不下去了。"我在直播间说。

"撑不下去就去死。"

"死了就解脱了，一了百了。"

"她不敢死，在这里装可怜，赚流量。"

"老子不信你会真的想死。"

"她不是有病吗，怎么还在呢？"

……

这些话像一把把锋利的剑，我彻底崩溃了。我拿起桌子上锋利的水果刀，狠狠地在手腕上划了一刀。

我就这样死了。他们是压倒我神经的最后一根稻草，他们就是我要寻找的凶手。

我飘进第一个凶手的家，看到一个戴着眼镜的男人坐在电脑前，噼里啪啦打着字。我环顾四周，窗帘拉着，屋里很暗，酒瓶子、零食口袋、烟蒂，各种杂物散落在地上，床上乱乱的，一盒避孕套扔在枕头上。

我飘到他的身后，看到他在屏幕上攻击别人，那些话似曾相识。这时，他的手机响了，他听了一会儿对着手机不耐烦地吼，你是白痴吗？我不是告诉你了，只管把那傻妞骗过来就成交，我这还在等着呢！

人渣！我拿起一颗药，扔进了他的水杯里。出了门，我有一种报复的快感。

我进了第二个凶手的家，家里很干净，拖鞋在门口整齐地摆放着。一个女人围着围裙在厨房里做菜，动作十分麻利，不一会儿就把饭菜摆上了餐桌。她对着镜子精心地涂了涂口红，双唇抿了抿，对着自己笑了笑，又抬起头看看墙上的钟表，看起来很开心的样子。她或许是在等着爱人或者情人回来吧，我心里有些哀怨，凭啥你过得还如此快活？

她倒了一杯水，我把丹药拿出来，想把药放在她杯子里。突然，从卧室跑出来一个小女孩儿，扎着羊角辫，伸手拉着她的衣角，用稚嫩的声音说，妈妈，你给我讲故事好不好呀！说完，撒娇地露出一对酒窝。

我捏着药的手停在空中犹豫了几秒，最终还是收了回来。我又看了看小女孩儿，转身离开了。

我来到第三个凶手的家，屋内的空气中有一股腐败又潮湿的味道，家里的物品都很陈旧，一张老照片挂在墙上，照片中的女人七十多岁的年纪，慈眉善目地看着我。我正和她对视的时候，听到一个略带沙哑的男人的低语声，便顺着声音寻过去。看到一个秃顶的四十多岁男人窝在破旧的沙发里，对着手机屏幕一边傻笑一边说，这算个啥，你等着啊宝贝，过几天一定再给你刷个嘉年华。对面的女孩儿给他抛了个媚眼，说，谢谢哥，你是我亲哥。他擦了一下口水说，不用谢，都不是事儿。

我看着他，内心厌恶极了，这和白痴又有什么分别呢？我一分钟都不想待了，转身离开了他的家。

我应该继续寻找第四个、第五个、第六个或者第七个凶手，可不知道为什么，我心里却空荡荡的，失去了寻找的念头。我在城市的上空飘来飘去，最后，我飘回了地狱。把四颗丹药还给了守门的当差鬼。

我现在心里空荡荡的。我对着地狱的大门说。

一个冷冷的声音传了出来，你现在有两个选择……

不，我还是要做一棵树。我打断了这个冷冰冰的声音，坚决地说。

如今，我就站在一个不起眼的山岗上。若是你看到一棵树，你和它对望，它会在风中向你轻轻地摇摆，那便是我。

（发表于《天池小小说》2022 年 1 期，被《微型小说选刊》2022 年 9 期转载）

◀ 等待燕归来

她总是坐在屋檐下。

那把摇椅时常发出吱呀的声响，她瘦小的身体在摇椅里，显得那么单薄。那双干枯的手和树干差不多，手指伸不直，老得像树皮一样。屋檐下有一个燕窝，里面空空的，我从来没见过燕子在里面停留过。

开始，我只是站在她敞开的大门边上望着她，她也直直地望着我。似乎我们只是这寂寞小院里的两个会呼吸的生灵，别的都不重要。我不知道为什么，会时常跑到她的院门口去张望她，或许已经成了习惯。

直到有一天，我站在门口望着她时，她突然缓慢地抬起她的手臂，向我做了一个招手的动作，我甚至担心那条手臂会像腐烂的老树干一样突然断下来。我一步一步走过去，走到摇椅旁。她的手落在了我梳着马尾辫的头上，轻轻抚摸。

"奶奶，你总这样坐着不累吗？"我盯着她的脸问。

她慢慢摇了摇头，眼睛一直望着屋檐下的燕窝。

她突然转过头，喃喃地说："奶奶问你，你说燕子会回来吗？"我无法揣测她到底在想什么，但我依然看着她，很认真地点点头。

她笑了，脸上的皱纹深深浅浅。那是我第一次看到她笑。

就这样，她依然守着她的燕窝，我放假回来，也会陪着她一起守着燕窝，我多么希望能有一两只燕子偶尔在这个屋檐下停留啊。大多数时候我们就静静地坐着，什么都不说。看着她的样子，有时候我会突然心疼，我特别想说，燕子或许已经在别的地方安了新家了，奶奶就别再等了。可看着她的脸，我又一直没有说出来。

后来，后来还是出事儿了。屋檐下的燕窝在一个风和日丽的午后，掉了下来，摔得粉碎。她只是打了个盹，太阳的光实在是太暖了。她久久地望着粉碎的燕窝，泪淌了下来。她又看着敞开的大门，目光痴痴的。

在一天太阳刚刚升起的时候，她还是离去了，坐在摇椅上，面朝着敞开的大门。

小院空了，空了的小院里只有我挥舞扫帚的落寞身影。有时，我的眼前还会出现奶奶坐在摇椅上望着燕窝的样子。

那天，小院里来了一个女人，她站在奶奶的遗像前。

我说："你是谁？"

她说："我叫燕子，是——是她女儿。"

一直以来，我只知道她就是一个孤独的老太太，没想到竟然有个女儿。

"什么，你叫燕子？"我惊讶地问。

她疑惑地看着我，轻轻点了点头。

我突然什么都明白了。我盯着女人，好久，我大声喊："你为什么不早点回来看她，为什么？你知道吗，她天天都在等你！"

女人转过身来，悠悠地说："我是她的私生女，是她年轻时为了面子先不要我的。"

我的大脑突然一阵空白，我对于奶奶的过去，真的一点儿都不了解。许久我哽咽着说："虽然是那样，可是她一直在等你，那扇大门，只要她在，都是敞开的！"

"你其实什么都不懂，你毕竟还是一个没长大的丫头。"女人看着我说。

是的，我什么都不懂，我无法知道女人的生活状况，更无法知道奶奶当初不要她，她又经历了怎么样的人生历程。面对女人，我无言以对。

女人站立了一会儿，把奶奶生前的照片放在她的挎包里，从奶奶一直敞开着的那扇大门走出去。静静的院子里，仿佛她从来不曾来过，又似乎她把小院的什么珍贵的东西带走了，小院突然更加寂静，留给我更多的落寞。

我的内心涌动着无法言说的悲伤，我愣愣地站在之前女人站过的地方，静静地望着奶奶的遗像。我想起了欧亨利的最后一片树叶，我现在才明白燕窝就是奶奶的树叶，可是已经太晚了。燕窝不在了，奶奶的心便空了。

奶奶对不起，原本以为你一直在痴痴等待燕子飞来，日复一日，我不忍心看你的等待落空。我真不应该在那个风和日丽的下午，趁您惬意地睡去之后，用竹竿把燕窝弄下来。我错了！

（发表于《天池小小说》2015 年 4 期）

◀ 我是一个病人

我承认，现在的感觉很糟糕，感觉整个身体像被冻住一般，我狠狠地给了自己一耳光。

不知道从什么时候开始，我有了一个毛病，或许是在救治那只流浪猫之后，那只猫用温热的舌头舔了我粗糙的手背；或许是在给流浪汉一个面包之后，他看我的那个感激的眼神……总之，就像一个超强病毒植入我身体里一样，病毒肆意生长，一发不可收拾。最明显的病症就是，见不得一切需要帮助的人。不，不只是人，是一切生灵。

我知道我不是上帝，可我没办法做到视而不见。

我的这种病，经常受到一些人的耻笑。大冷的天，那个投湖自杀的女人被我拖到岸上后，周围的人都在围观，看到落汤鸡一样的我，都拿手机拍照。我浑身发抖发烧了好几天，连我的哥们都说我活该，人家想死，你干嘛还拦着，让人家继续痛苦干啥。

微信圈里一个孩子走丢了，我帮着大街小巷找了好几天，还动员同学同事都帮着找，后来他们见到我都躲着我……或许他们也看出来了，我是一个有病的人。

我也不想被人耻笑，可我这毛病根本没法治。虽然也有些人不认为我是有病的人，他们都说我是一个大好人，说我是一个有爱心、善良的人。那些曾经得到我帮助的人，都说，好人有好报，好人一生平安。可我不信，墙上的锦旗是不少，可我还是光棍一条，我心里清楚，没哪个姑娘愿意嫁给一个有病的人。

经常被打也是正常的事儿，因为我是一个病人。

比如，看到小偷从一个女孩牛仔衣袋里偷手机，我立刻喊抓小偷，喊完了我都怀疑那洪亮的声音是不是从我的声带里发出的。比如我看到一个男人突然冲到一辆刚停稳的车前面倒下，抱着头怎么都不肯起来，司机无奈地准备掏钱。我急忙冲过去拦住司机，大声指责男人碰瓷，拍着胸脯说已经用手机已经拍下了全过程，要交给警察。那个男人只好从地上爬起来，狠狠瞪了我一眼走了……

我的行为经常换来街头巷尾拐角僻静处的一顿暴打，暴打之后，对方总是扔下一句话："下次别让我再看见你！"暴打算是暂时治疗我病发的药，免费的。可药效不长，只能让我记住几个小时或者几天，病还会时不时复发。

经常被暴打的副作用就是，我还会觉得很开心，觉得很值得，觉得让一些人得到帮助，我很幸福。这回你知道，我的病有多严重了。

可现在，我幸福不起来了。右脸火辣辣地疼，再疼也抵不过心里的懊悔，我在心里骂了自己无数遍，又左右开弓连续打了自己好几个耳光。

手机上的那条新闻，让我如坐针毡，不由得又想起昨天下午那个拎着帆布包的女人。

刚一下车，她就慌张地拎着帆布包跑过来，不小心撞到了我。我还没说什么，她马上道歉："大哥，不好意思撞到你了，后面那个戴眼镜的男人总跟着我，我心慌才撞了你。"说完，她急忙跑了。

我回头一看，一个戴眼镜的男人正分开人群往这边跑来，边跑边喊："你站住！"这男人五大三粗的，一脸络腮胡子，一看就不像好人。我假装向他的方向走去，挡住了他的去路。结果可想而知，我当然被他结实地撞倒了。

我拉住他，不让他走。他说："你放开我，我有急事儿。"我抱着他的腿说："你撞倒了我，连声对不起都不说就想走？"他说："对不起，你快放开我，我有急事儿！"我抱着他腿的手依然没有放开。

周围聚了很多看热闹的人，他显然是真急了，用另一只脚用力踢了我，边踢边说："你他妈的和她是一伙的？"我不明白他在说什么，我放开他的腿，捂着疼痛的肚子，看着他跑远的身影，还是很开心，想那女人现在应该安全了。

后来，也就是现在，我看到手机头条新闻，一个男子拎着帆布包，包里装着筹集的医药费。由于太累太困打了个盹，到站后，睁开眼睛发现被一个女人下车拿走了。

男子立刻下车追女人，却被女人的同伙阻挡，现在女人消失了。男子的女儿还在医院等着那笔救命钱，目前警方正在进一步抓捕中。

我不知道应不应该投案自首，也不知道像我这样一个病人，警方会不会从轻发落。更不知道，我说我是一个病人，他们会相信吗？

可我觉得，我的病已经从行为蔓延到了内心深处，痛苦不已。现在，我真的是一个病人。

（发表于《天池小小说》2019 年 7 期）

◀ 那些花儿

我听着 mp3 走在人潮涌动的大街上。

这条步行街很长，我极有兴致地看着各家商铺的广告牌，对于从事美术行业的我来说，这也许是一种本能的反应。

我停下脚步，一块店铺的牌子吸引了我，上面有三个字，圆梦园。吸引我的倒不是这块牌子的创意，而是我不知其所以然的那种好奇。旁边的广告牌上有一句标语：梦开始的地方——手工 DIY 陶吧。

我犹豫了一下，走了进去。我看到一个大厅，里面有大人，也有孩子，都在专心地摆弄手里的陶泥。在大厅的一侧，是用砖垒起的展台，这赤裸的砖墙，不加任何修饰，与那些精致的陶艺品相结合，体现出的那种反差让我觉得是那样完美。

我欣赏着每一件陶艺品，这时，一个女孩在我身边说："帅哥，您可以先慢慢看，如果您想动手试一试，请叫我。"我把目光转向她，她正微笑地看着我。我注意到她围着蓝色的围裙，远处也有同样围着蓝色围裙的男孩女孩正在指导着一些顾客做陶。我向她点点头说："好的，需要时，我会叫你。"

我发现展柜上有件陶品，制作者故意把花瓶做得歪歪扭扭，从歪歪扭扭的花瓶中努力地伸出些花来，那些花儿与扭曲的花瓶组合在一起，给人视觉上的冲击，竟让我爱不释手。我轻轻地拿起那件陶品，看到陶品的底部写着欧阳雪三个字。想必是那个叫欧阳雪的人制作的吧。我突然很想把它买下来，想送给我的母亲。那些拼命从扭曲的花瓶中努力伸展的花儿，多像我的母亲。

我把我的意思对蓝围裙女孩说了，女孩对我微笑着说："不好意思帅哥，这件陶品不卖，有人出高于这件陶品几倍的钱想买走，我们老板都没有卖。"

我不解地问："为什么呢？"

女孩说："这是一个女顾客制作的，不知为什么她一直没有来取。"

我很遗憾地看了一眼那些努力伸展的花儿，无奈中我忽然想到自己可以按那个样子做一个。这一想法让我马上又兴奋起来。

蓝围裙女孩把我引领到一个位置上坐下来，蓝围裙女孩问："帅哥以前有没有做过陶艺？"我不好意思地摇了摇头。

她笑笑说："没关系的。其实做陶艺就像玩橡皮泥一样，只要捏出自己喜欢的东西就行。可以全手工做，也可以借助你面前的拉胚机制做。"她认真地在拉坯机上给我演示，我惊奇地发现，那些陶泥在她的手里，魔术般地变化着，让我有种迫不及待想试试的想法。

我自己一次次地试验，当一个哥们给我打电话叫我吃饭的时候，我才感觉出肚子已经抗议了。我的作品无法与那些努力伸展的花儿相比，没有那份灵动与拼命向上的那种不屈的精神。我把它又变做了一团陶泥。

我把我的电话号码给了那个蓝围裙女孩，我说："我真的好喜欢那件陶品，想送我的母亲。如果那件陶品的制作者来取的话，请把我的意愿告诉她，好吗？"

女孩微笑着答应着。

一周后，我接到一个电话，对方说是圆梦园陶吧的那个服务员，她说那件陶品的主人终于来了，想见见我。

我赶了过去。

在那个蓝围裙女孩的指引下，我看到一个长发女孩坐在一角，专心地捏着手里的陶泥。蓝围裙将我领到她的身边，说："欧阳雪，就是这位帅哥想买你的陶艺品。"

长发女孩抬头看了我一会，示意我坐下。

我说："那件陶品，我很喜欢，很佩服你，给陶泥赋予了新的生命，那样灵动，竟让我爱不释手。"

"陶是有生命的，它可以和人对话。知道我为什么答应见你吗？是因为听服务员说你要送给你的妈妈。一个把母亲放在心上的人，我想，我愿意把它送给你，听着，是送，不是卖。"她坚定地说。

我说："这样不好吧。"

她停下手里的活，认真地看着我说："愿意听我的故事吗？"

我点点头。

她说："我很羡慕你，我连我的亲生母亲什么样子都不知道。"她的眼睛越过我的头顶，目光拉得很长，仿佛可以穿透时空。我隐隐感觉到，这将是一个悲哀的故事。

她收回目光，继续说："母亲是生我的时候难产离开的。我的父亲在我十二岁的时候又娶了一个女人。我恨那个女人。我觉得父亲有了她就不会那样爱我了，恨她夺走了父亲对我的爱。后来的一天，我把自己弄得遍体鳞伤，我哭着对父亲说是她打的。父亲第一次动手打了那个女人，我心里很痛快。"女孩平静地看着我，接着说："那个女人没有解释，还是照样洗衣做饭。那次父亲不在家，我发高烧，她背着我下楼，脚一滑，把自己摔伤了。从那时起，我知道，她也爱我。而且，一爱就爱了这么多年。"

我松了口气，事情并不像我想得那样糟。我说："这样多好啊。她是个好母亲。"

她拿出那件我喜欢的陶艺，抚摸着说："这是我为她做的生日礼物，可她却出了意外，她再也看不到了……"

我看着那些拼命伸展的花儿，衬着她那漂亮的脸。

感觉有些东西堵在我的胸口，闷闷的。

（入选《都市心情书系流行吧系列 – 陶吧》）

◀ 一树海棠

我做梦也没想到，在一个水果摊前，我会再次遇见她。

胖婶！在我的惊呼中，她和身边的男人同时抬起头看我。她愣了一会儿说，你是丫头？我尴尬地点点头。她一下子冲过来，拉着我的手，用她那双三角眼从上到下地打量，嘴里不住地说，好，真好，都长这么高了。

我发现胖婶比以前瘦了，黑了。

胖婶说，你爹还好吧？我使劲点点头。她热情地拉过我的背包，一个劲地往我背包里塞水果，塞得最多的是海棠，把我的小背包塞得鼓鼓的。我没有拒绝。当我走出很远，我回头，发现胖婶还在望着我……

我不喜欢胖婶的那对三角眼，在肉乎乎的脸上不知疲倦地张望。从那对三角眼里射出来的光，总让我浑身不舒服。即使是胖婶笑着时，那道光仍然犀利。但我极爱胖婶屋后的那棵海棠。

春天，风吹过，飘来阵阵花香；秋天，一树果子，被阳光吻红的部分，散发着诱人的光泽。胖婶经常站在海棠树下，抬头用那对三角眼看一树的果子，看够了，就把一些果子摘下来，切成片，在太阳下晒，制成海棠干。

我经常拉着弟弟站在家门口看胖婶摘果子，胖婶远远地看见，会从装果子的筐里捧一些走过来，我拉着弟弟转身进屋，关上门把胖婶隔在门外。父亲总会把门打开，让胖婶进来，胖婶把海棠果放在桌上，拍拍弟弟的头，和父亲招呼一声就走。

父亲说，为什么不要胖婶的海棠？我说我不喜欢吃海棠。

听说胖婶的妹妹家住在县城里，从未见胖婶的妹妹来过，只是胖婶每年在海棠成熟时，会去一次县城，带去一筐新鲜的海棠。

那天胖婶从县城回来，正撞见我和弟弟在她的海棠树下，弟弟挥着一根木棒，嚷着：我打断你，打断你！一些果子伴着树叶散落在地上。

胖婶的脸灰灰的，那双三角眼射出的光，让我胆怯。

胖婶说，你们这是干什么？胖婶边说边上去夺过弟弟的木棒，弟弟哇的一声哭了起来。我挡在弟弟前面。哭声引来了一些邻居，纷纷围过来。我蹲在地上，用流着泪的眼睛与胖婶对视。

他婶，这是干啥，别和孩子一般见识，有话好好说。邻居中有位大伯出来拉着胖婶。胖婶挥着木棒说，这俩孩子越来越不像话了，不知道为什么又在这糟蹋我的果树！我今天非得好好教育一下他们。

父亲跑过来，脸涨得通红，说，不好好在家写作业，谁让你们在这干坏事儿的？

弟弟哭着说，我和姐姐玩呢。

父亲把脸转向我，刚要训斥，又愣了，问我，丫头，你怎么啦？

我蹲在地上，痛苦地说，我肚子疼……

邻居们说，这孩子估计是吃多了海棠果子，这会儿坏肚子了吧？他叔，要不要给孩子找点药吃。

我怒视着胖婶，说，我没吃，我不喜欢吃海棠，刚才胖婶踢了我一下……弟弟也用手指着胖婶抽泣着说，是她打姐姐的。

大家的目光都聚在胖婶身上。胖婶用那双三角眼瞪着我们，咬着牙没说一句话。父亲终于沉不住气说，他婶，我知道自从孩子娘没了，我没把他们管好，可孩子再有错，你可以和我说，也不能动手啊。

胖婶说，大哥，我没动手打孩子，我只是想教育教育他们。我知道你平时太护孩子，这对他们没好处。

父亲嘀咕着，你看孩子疼成啥样，孩子总不至于说谎吧。说完，扶起我，叫着弟弟回了家。邻居们都责备胖婶，我回头，看见胖婶那双三角眼里犀利的光渐渐黯淡下去。

父亲后来问弟弟，那天为什么去糟蹋胖婶的树？弟弟说，我在和姐姐玩孙悟空偷人参果呢，孙悟空后来打断了人参果树。

父亲愣了一下，说，胖婶误会了才打姐姐的？弟弟说，胖婶根本没打姐姐！

父亲拉过我，扬起他粗大的手，他的眼睛在冒火。我等待着他的惩罚，只是那只大手渐渐无力地垂下来。

村里有人说，胖婶是不喜欢那丫头的，那丫头六岁的时候没了娘，胖婶想给她当后妈，可那丫头每次看到胖婶就哭闹个不停，丫头爹心疼孩子，没让胖婶进门。胖婶这么多年，恨着那丫头呢。还有人说，胖婶要真做了丫头的后妈，丫头有得苦吃呢……

胖婶病了。

好一段日子我才又看到胖婶站在她的海棠树下，用那双三角眼望着一树海棠。后来我才知道，那棵海棠树，是胖婶和她丈夫结婚后栽的，只不过胖婶的丈夫还没看到海棠树长大，就得了一场急病走了。

父亲变了，变得对我们十分严厉，不许我们犯一点儿错误。他再见胖婶时，总是低着头，胖婶还像平常一样与父亲打着招呼。

胖婶还是走了，去了县城。

又一年海棠挂满树枝，树下没有了那个仰望的身影，看着一树海棠，才发现，海棠对我已经没有了诱惑力。

那一年，我十二岁。以后我也一直没告诉过父亲，我是喜欢吃海棠的。

（发表于《共城文学》2015年1期）

◀ 寻找摩天轮

　　艾米想坐一次摩天轮。这想法是突然产生的，就在刚才挂掉电话的一瞬间。

　　上一次坐摩天轮，还是她上大学的时候。闺蜜夏天故意拉着她去的，因为她恐高，而夏天想看她尖叫的样子。说来奇怪，从那次开始，她不再恐高了。

　　刚才的电话，是她打给家里的。妈妈在电话里叮嘱她，要好好工作，现在有份好工作多不容易，你弟弟的手术还需要很多钱。

　　艾米挂了电话，她本来是想告诉妈妈，几年前，她爱人就摔碎了她最喜爱的花瓶。她还想说，她很累，想吃妈妈做的酸菜鱼。

　　一开始，她只是在公园里闲逛。现在，她的目的很明确，她要寻找摩天轮。她问路边一个看起来并不讨厌的男人，公园里的摩天轮在哪里？男人看了看艾米，热心地说，应该在上面的游乐区，我带你去吧！

　　艾米迟疑了一下。男人说，走吧，我也是游客，也没什么事儿，我从三亚来北方避暑的，这边的夏天温度舒服。

艾米去过三亚，是在几年前的冬天，艾米喜欢海。艾米最先看到的是大连的海，去了三亚之后，艾米才知道，海与海的感觉是不同的。她觉得三亚的海像女人，而大连的海像男人。艾米在心里种下一个愿望，她想走遍所有有海的城市，只不过，她一直没机会去其他地方看海。

和男人并肩走着，突然，艾米笑了起来。男人问她为什么笑。艾米摇头，艾米想到，自己来这座城市读书、工作，并在这里安家，也算是本地人吧，竟然让一个外地来旅游的男人带路，多么可笑。

她笑着笑着，竟笑出了眼泪。她想不起来，自己有多少年没来公园了。

男人似乎也没有要追问下去的意思，自顾自地介绍公园内的情况。艾米看着男人古铜色的皮肤，脑海里，海浪声声：她光着脚丫踩在细软的沙滩上，回头看到一串串音符般的脚印……

来到游乐区，艾米才知道，摩天轮已经拆除，移走了，艾米很失落。

男人用手一指，去玩儿小火车吧！

艾米瞪大了眼睛，说，什么？那是孩子玩儿的吧，我这么大了能玩儿那个吗？

男人笑着说，那有什么不可以呢，把自己变成孩子，才会真的快乐！

艾米一愣，男人的这句话像有一种魔力，不偏不倚，正好击中艾米的心脏，让她的眼泪差点又掉下来。

来到这座城市后，所有人都让她努力，让她跌倒了一定要爬起来，甚至连闺蜜夏天在一次喝醉酒后，都拉着她说，艾米，你听好了，在这座城市里，你要是不够努力，就没资格留在这里。那晚，她也喝醉了。她们坐在楼顶上，看着繁华的城市，都哭了。夏天回了老家再也没回来，她却留了下来。

没有一个人告诉她，变成孩子，才会真的快乐。艾米觉得，能说出这句话的男人，一定是懂得生活的男人。艾米看到，男人钢针似的短发在阳光下泛着淡淡的光。

艾米看着男人，心里熄灭了很久的星光，似乎又亮了起来。

她在男人的微笑里，把自己变成一个孩子。小火车、蹦蹦床、旋转木马、碰碰车……艾米记不清自己有多久没这么开心了，她觉得，体内的元气慢慢恢复了，周围的一切都焕发出新的色彩，就连天空，也比往日蓝了许多。

艾米接过男人递过来的冰激凌，像个孩子一样，伸出舌头舔了舔，擦擦额头的汗，灿烂地笑着。

开心吗？男人问。

艾米点点头。

你身材这么好，一定会跳舞吧，这附近有个舞厅，我请你去跳舞吧？

跳舞？艾米问。

对，你的身材真的很好，能做你的舞伴，我很荣幸。男人打量着艾米说。

艾米摇摇头说，我不会跳舞。

男人热情地说，没关系，我教你，很简单的。

艾米还是摇了摇头。

男人走近一步，拉着艾米说，你是不是累了，要不……去我住的酒店休息一下？

艾米愣愣地看了一会儿男人，甩开男人的手，转身走了。

男人在后面喊：嗨，都是成年人，至于吗？

艾米路过一个垃圾桶，把手里已经融化的冰激凌塞了进去。

她心里有种说不出的感觉，甚至还有些恼火。就像心里曾经是一片废墟，有个人在这片废墟上，给她盖起了一座玻璃宫殿，正当她在玻璃宫殿里放下一切防备，做着美梦的时候，那个人，又把玻璃宫殿砸碎了。随着清脆的爆裂声，一片片碎玻璃，散落一地，在阳光的照射下，泛着光，很刺眼。

像极了她最爱的那个碎了一地的花瓶。

笨蛋，你怎么可能真的变成孩子呢，艾米对自己说。

艾米其实会跳舞，而且，舞跳得很好。她和爱人是在朋友的生日派对上认识的，她还记得那天他不止一次地说，能做你的舞伴，我很荣幸。那只心爱的花瓶碎了之后，她再也不跳舞了。

艾米想起来，她毕业后很想开一个书店，哪怕不是很大，哪怕看书买书的人不多，哪怕赚不了很多钱，至少，她还可以安静地守着自己的心。

她又想起妈妈说，你这个当姐姐的，不管在什么时候，都要照顾好你弟弟，哪怕我们都不在了。

艾米走着走着，迷路了，她不知道公园的出口在哪里。

（发表于《天池小小说》2021 年 1 期）

◀ 赵裁缝的帽子

祥和镇的人，最近都在传着一个消息，听说赵裁缝有一顶十分神奇的帽子，只要戴上那顶帽子，会产生幻觉，帽子会暗示你将要发生的事儿。这个秘密是赵裁缝的儿子无意中说漏嘴的。因为这件事儿，赵裁缝狠狠骂了儿子。

刘茶水说："这个老赵，有这么一件宝贝，这么些年了，咱们却从来都不知道。你们说，十几年前咱们镇上来收古董的那个家伙，骗了咱镇上很多人，你们说赵裁缝会提前不知道？他有那么一顶能暗示将要发生什么的帽子，他会不知道？"

众人一听，都连连点头，一提到那个收瓶瓶罐罐的人，就来气，他用几瓶酱油就换走了好多人家院子里扔着的陶瓷罐子，喂猫喂狗的破盆子。最近几年才知道，那些可都是值大钱的东西。

"还有，你们想起来了吧，孙掌柜的儿子，和别人打架，把人打残了，赔得孙掌柜都直哭，你们说这事儿，赵裁缝会提前不知道？"李铁匠也在一边帮着回忆。

"就是就是，他一定知道。""唉，真想不到，都在一个镇上，他也不提醒着点大家。""赵裁缝这个人啊，唉。"大家七嘴八舌地说着。

恰巧，赵裁缝刚进货回来，听到大家的议论，脸上挂不住了，他咳嗽了一声。

大家看到赵裁缝站在他们身后，就都不言语了。

赵裁缝说："我是有一顶祖传的帽子。可那顶帽子除了年代久一点儿，外形特别一些之外，和普通的帽子没有什么不同，那就是一顶普通的帽子。所以，你们说的那些事儿，我并没有提前知道。"

大家听了赵裁缝的话，都不相信，有人说："你儿子把这秘密无意中说漏了，你还狠狠地打了他一顿。老赵啊，你把帽子拿出来，让我戴一下试试嘛。"众人也都纷纷要求赵裁缝把帽子借给他们戴一戴。

赵裁缝摇摇头，无奈地走了。

一天，王屠户跑到赵裁缝家里，大着嗓门说："赵裁缝，你今天可得救救我，快把你那能暗示发生什么的帽子借我戴一会儿。"

赵裁缝苦笑了一下，说："怎么啦？"

王屠户说："你就别管了，你借我戴一下。"

赵裁缝无奈，从箱底拿出那顶帽子递给了王屠户。王屠户急忙拿过帽子一下子就扣在头上，他闭着眼睛，没一会儿，突然睁大双眼，张着嘴巴。扔下帽子就跑了出去。赵裁缝傻傻地看着王屠户的背影发呆。

赵裁缝把帽子捡了起来，拍了拍帽子上的尘土，小心地把帽子又收了起来。

自从王屠户戴完帽子之后，王屠户就整天对老婆脸不是脸鼻子不是鼻子的，经常和老婆吵架。有时候卖着肉呢，两个人也能因为什么事儿打起来。

馄饨张听说王屠户戴了那顶神奇的帽子，也偷偷来到赵裁缝家，他满脸堆笑地说："赵大哥，你就把帽子借我戴一次。你可不能偏心啊，都是邻居。"

赵裁缝又把帽子从箱子里拿出来，递给了馄饨张。馄饨张小心地把帽子戴在头上，闭上眼睛，一会儿，他睁开眼睛，眼里有了泪水，他把帽子重新交到赵裁缝的手上。

馄饨张从赵裁缝家出来，揉着眼睛就去找爹，给爹带了一堆好吃的。

刘茶水戴过帽子之后，显得有些紧张，慌慌地出去了。从此，他总是观察老婆的行踪，担心老婆有一天也去找赵裁缝借帽子。

渐渐地，很多人都来向赵裁缝借帽子，每个戴过帽子的人大多都有些神情反常。

小镇上的人似乎都没有以前那么自在了，每个人都像有心事儿似的，遇见了也只是打个招呼，行色匆匆的样子。

一天，他们都来到赵裁缝家，纷纷要求赵裁缝把那顶帽子毁掉。

赵裁缝不明白，问："为什么要毁掉那顶帽子呢？"

"那顶帽子在一天，小镇上就一天不安定。"众人都这样说。

赵裁缝无奈地笑笑，说："那就是一顶普通的帽子。"

王屠户的老婆站了出来，一屁股坐在地上，哭着说："自从我家老王戴了你的破帽子，他整天就怀疑我和馄饨张有问题，弄得我日子都没法过了。"

馄饨张大惊说："嫂子，你可别乱说啊，老王哥怎么能那样想呢！唉，我戴了那帽子后，就感觉我爹知道了他的那个相好的，是我给打跑的！我现在后悔啊！"

刘茶水的老婆也嘀咕着："那帽子真是邪门了，我家老刘自从戴过那帽子后，总问我，认不认识镇外一个叫香花的女人。"

其他人也都在说着，不能再留那顶帽子了。

赵裁缝的儿子哼着歌回来了，一看嗬，家里还挺热闹。赵裁缝一看儿子回来了，气就不打一处来，拎着儿子的耳朵说："你这么大个人了没个正形，你跟大家说清楚吧，你闯的祸，你自己收拾。"

赵裁缝的儿子得知是那帽子的事儿，就说："嗨，我当什么事儿呢，不就那破帽子嘛，我那天无聊，吹着玩的！"

大家都愣了。

（发表于《冰凌花》2013 年 4 期）

第四辑

城里的月亮

◀ 惘

一大早起来，突然间有一个强烈的预想猛击我的大脑，我会在今天死去。说实话，死对于一个即将六十五岁的倔老头来说，已然没有恐惧，但今天不行，今天我还有一件重要的事儿等着我去做。

别看我说得堂而皇之，可是我内心还是极其不安的。

我穿上破衣服，挂着拐杖，趿拉着一双露了脚趾的破布鞋，拿着一个装钱的破口袋，站在人来人往的地下通道。你已经知道了，现在，我是一个乞丐。

行色匆匆的人们从我面前走过，他们视我于空气，但我并不在意，我只需静等，等着适合的善良的人出现在我面前。当然，最好是女人。偶尔也会有人递给我一些毛票，我冷漠地接过塞在口袋里。

终于，我发现了一个不到三十岁的女人，停在我面前。她拉开双肩背包，从里面掏出一张十元的人民币，向我递过来。我的眼睛一亮，这一定是个极善良的女人。

我并没去接女人的钱，而是握住了她递钱的手。女人愣了一下，下意识地想抽回她的手，但没有用。我不会放开的，反而握着她递钱的手说："这是我的钱，你别抢我的钱！"

女人神情明显慌乱了，语无伦次地说："这，这是我的啊！"

我依然哀求地说："这是我的钱，你别抢我的钱！"

人们停下了匆忙的脚步，围着我们议论纷纷。突然有两个拿着相机的人走过来，其中一个说："我们是晚报的记者，这位女士，请问你为什么要抢一个乞丐的钱？"

女人摇头争辩说："我没有，这是我要给他的钱。"

记者说："可我拍到了你抢乞丐的钱，明天的报纸上会有这样一个标题，一都市女子为抢乞丐十元钱被围观，这新闻一定会火的。"说完他举着相机晃了晃。

我看到了女人的眼里有泪光闪动，她看着我的眼神由憎恨渐渐变成了乞求。她对我说："如果你还有良心的话，你就把事情说明白。"

我的心微微一疼，我竟然不敢与她对视，我单刀直入，压低声音说，如果你给我两千块钱，我就为你证明。

女人惊恐地张大了嘴巴看着我和那两个记者，半天，结巴地说："你们，你们是一伙的？我，我要报警！"

我压低声音威胁说："谁能为你证明？你一个女人，少惹事儿，还是破财免灾吧。"

女人眼神里明显多了些胆怯。

正在这时，摄像机从天而降，一个漂亮女人拿着话筒走过来对女人说："我们是电视台防骗术节目组的，很抱歉让您虚惊一场。"

女人看到周围的几个群众都穿上了节目组的马甲，才恍然。

"各位观众朋友，我身边这位老大爷，她的女儿曾经就是这样被骗的，从此，他善良的女儿不相信任何陌生人，不敢和陌生人太接近，甚至不敢和陌生人说话。他看到我们的节目，深有感触，把女儿的经历讲给我们听，并强烈要求自己来演骗子。我们还是来听听大爷怎么说的。"

女主持人将话筒递给我。我握着话筒的手有些抖，看着摄像机，来之前准备的很多话，突然间都忘记了。我把话筒慢慢放在嘴边，用尽力气，颤抖着声音说："你们住手吧，别再抢劫人们的善良了！"

周围极安静，突然爆发出一片掌声。

女主持人接过话筒，又转向女人，说："真的很抱歉让您受惊了。我只想再问您一个问题，您以后遇到乞丐，还会给乞丐钱吗？"

女人似乎惊魂未定，看着女主持人，摇了摇头说："打死我也不给了！"

我感觉我的心突然又微微一疼，头也开始眩晕，眼睛渐渐看不见了，倒地的瞬间，感觉周围的呼叫与吵闹声越来越远……

（发表于《微型小说月报》原创版 2013 年 11 期、续写故事获奖作品。入选《2014 年中国微型小说精选》）

◀ 疾

　　他觉得吃不下去饭，浑身没有力气，他有些慌了，别是得了什么要人命的病吧。老婆说，别一个人瞎琢磨，去医院好好检查一下吧。

　　到了医院，人多得排不上号，跟菜市场似的。抽血，化验，做 B 超折腾了半天，下午拿到结果时，他傻了。

　　张医生说，你的肝不好，肝功很不正常，以后别再喝酒了。先吃药，打针，把肝功稳定了再说。

　　他想起一个同学就是得了肝病，最后发展恶化去世的，他的心一下子紧张了起来，他说，张医生，我还能好吗？

　　张医生说，乐观点儿，虽然你这个病不能去根，但只要注意生活饮食，保持得好，还是不会发展甚至恶化的，那样的毕竟占少数。

　　他从医院出来，就直接去书店，买了很多这方面的书。闲时就读，他明白了一些化验指标的升高或者降低都代表了什么意义，他知道了这种病继续发展的后果，知道了身体会出现一些什么样的症状。上网的时候，也经常关注这种病。

他除了研究这个病之外，就是观察自己，是不是出现了书中所描述的症状。比如皮肤的颜色有没有改变，食欲如何，消化功能有没有问题等。只要哪里有一点儿不对劲，就如临大敌，跑到医院复查，复查的频率非常频繁。

张医生看着他，怎么样，哪又不舒服了？

他说，我也不太清楚，好像不太爱吃东西似的，我晚上还总失眠。

张医生说，这样吧，先做一下检查吧。

他拿着那些单子，轻车熟路地上楼下楼，折腾了半天。当拿到检查结果的时候，和上次没有什么太大区别，各项指标都在正常范围内。

他重新坐在张医生的办公桌前。

张医生笑着说，保持得还不错。另外，我建议你不要再研究这个病了，难道你还想当个医生不成？

他说，我这不是想科学地了解这种病嘛，只有了解了，才能正确对待嘛！

张医生说，有时候知道得越多，精神上就会越累，心理上就会越恐惧。就像你已经知道这种病发展下去会出现什么症状，你就越担心自己会出现那些症状，你整天还能做别的吗？

他有些不好意思了，但还是说，我就是感觉像不对似的，所以总想来检查看看有没有变化。

张医生摇摇头说，比如你晚上走一条路，路的尽头是一个大坑，注定躲不过去的。但有两种情况，一是提前不知道，二是提前就知道。提前不知道的，会一路轻松地往前走，直到掉进坑里，才知道疼。提前知道的，就会时刻胆战心惊，知道躲不过去，一遍遍想象着如果掉进坑里会怎么疼，哪怕那个坑离自己还有很长一段路程，可这段路程你已经没那么轻松了。所以我们当医生的，很多特殊情况，不愿意告诉病人真相。

他愣了一下，说，张医生，您还挺哲学的。那你说我怎么办呢？

张医生笑了，说，我发现你挺聪明的，把你的聪明用在正地方吧，你可以忽略自己的病，去做一些自己喜欢做的事，培养几个有益的爱好，少抽烟，少喝酒。

他不再研究自己的病了，闲的时候在网上和别人下下棋，练习书法，他渐渐地忘了自己是一个病人了。直到有一次，老婆催他去医院复查一下，他才想起来，有一年半没看张医生了，还怪想他的。他觉得是张医生救了他，不光医其病，还医其心。

到了医院后却没看到张医生。这时正好进来一个医生，医生看到他说，怎么啦？什么事儿？

他说，我想问一下，张医生去哪啦？我是他的病人。

医生说，哦，张医生一时不能来上班了。

他说，为什么？

医生犹豫了一下，说，他病了。

他说，病了？什么病，严重吗？哦，对不起，我是关心张医生。

医生说，按理说，他就是专门看这个病的，哦，你是他的病人，那么，他得的病是和你一样的。可他整天提不起来精神，怀疑自己病得又严重了，也没有办法再专心工作，院长说让他先休息一段时间。

他看着医生，没再说什么，走出了医院。

他想去看看张医生，可走到半路又回来了。

（发表于《现代家庭报》3月26日、《微型小说月报》2015年5期）

◀ 失踪一星期的男人

　　男人觉得自己很累。觉得很累的男人想从这座城市里消失。

　　乡下的两间土坯房，又重新升起了袅袅炊烟。土坯房里没有电话，没有电脑，没有任何联系外界的工具，男人吃着粗茶淡饭，数着日出日落。

　　一个星期过去了。男人觉得无聊了，男人想，公司业务不知怎么样了，朋友找不到自己是不是很着急，特别是那个可爱的人，她会不会发疯呢……想到这儿，他笑了。

　　男人回了城。男人打开电脑，公司的运营一切正常，登上QQ，除了几个群消息之外，竟没有一个朋友联系他，更没人询问他去了哪里。

　　男人拨了那个熟悉的号码，心竟怦怦地跳着。才一个星期，男人觉得莫名其妙。

　　电话通了，一个柔柔的声音："喂，亲爱的，我在逛街呢，卡里没钱了，帮我打进一些。爱你，啵。"电话挂断了，男人还没来得及说一句话。男人有些生气了，索性拎起包回了家。路上遇到几个朋友，他们像平时一样，说有空喝两杯。

回到家后，老婆在打麻将。他大声对老婆说："我回来啦！"

老婆说："回来就回来呗。"

男人终于发怒了："我失踪了一个星期！"

老婆懒懒地说："你不是经常失踪嘛。去陪哪个女人谁知道呢。"

这时一只哈巴狗从一个房间里窜出来，欢快地叫着，直往男人腿上扑。

男人抱起它，轻轻叹了口气。

（发表于《天池小小说》2012 年 11 期，被《微型小说月报》2013 年 2 期、《中外文摘》2013 年 10 期、《古今故事报》总第1440 期、《小小说选刊》2014 年 6 期等转载）

◀ X 君的手表

　　X君是一个恪守时间的人。准时，是他一贯奉行的原则。他对于迟到或者失约的人，十分鄙视与不满，很多时候，他根本不听对方的解释，他觉得，那些都是借口而已。

　　X君戴着名贵的手表，那是他唯一觉得可以去消费的奢侈品，他觉得时间就是金钱。X君还有一个雷打不动的行为，每晚睡觉都戴着手表，早上醒来，立刻校对时间。

　　这样一个和时间计较的人，你们一定觉得他苛刻严谨，甚至是一个不懂风情的人。其实不然，X君也有属于他的浪漫，他会去买玫瑰花，想象着对方接过玫瑰花时的灿烂笑脸。他会走进咖啡屋，想象着两个人情意绵绵地聊着天。只不过，对方一定要准时，只要让他多等一分钟，他美好的想象就会消失；多等两分钟，他就开始烦躁不安。多等三分钟，他就直接取消了可以做他爱人的资格。可往往很多女人第一次约会，都会故意迟到十多分钟，可以抬高一下自己，又可以给对方一个做谦谦君子的机会。

可想而知，X君的约会在他频频看手表之后都失败了。即便有那么几个准时的女子，在后来的交往中，也都向他挥手说拜拜了。对于他时常看手表，那种较真的守时，没几个人能接受。

X君在约会失败第37次之后，终于遇到了一个和他一样遵守时间的女人。他们热恋的第666天，X君看着手表，13点14分21秒走进了结婚礼堂。

X君和爱人共同协商制定了一份家庭作息时间表，彼此遵守，乐此不疲。

"亲爱的，等我忙完手头的工作，我们出去度蜜月吧，你想去哪？"X君对爱人说。

"可公司要派我先去A城出差，要不这样，我可以在A城等你，你忙完了过来找我。"爱人征求X君的意见。

"好，我忙完就去找你。"X君很期待。

去A城的日子一转眼就到了。那天，X君在办公室一直忙到晚上，一边整理文件，一边用电话安排属下各项工作，他不时地看着手表。一切都处理妥当之后，他拿起包，走出了办公室。他在心里盘算，乘电梯下楼、再坐出租车到机场一共20分钟……他确定，21点10分的航班完全来得及，23点20分到达，爱人一定会准时接机。

电梯下到5层的时候，突然震颤了一下，停止了。他又按了向下的键，报警键，都毫无反应。X君的额头上布满了细密的汗珠。他急忙拿出手机打电话，可没有信号。他看看手表，心里如热锅上的蚂蚁。"这该死的电梯，早不坏晚不坏偏偏这个时候坏！"他大声咒骂着。然后高声呼叫："有人吗？"什么反应也没有。

X君的脑海中浮现出爱人焦急等待的脸，对于如此守时的他来说，这是不可饶恕的。他把一切愤怒都撒在公司的维修人员头上，咒骂着他们。时间一分一秒过去了，X君看看表，他要乘坐的那趟航班已经起飞了。他彻底失望了，靠着电梯壁慢慢坐下来，默默看着手表，细长的秒针欢快地跳着。

第二天，他被维修人员拉出电梯。他马上拿出电话，看到几十个未接电话，都是爱人打来的。他有些慌乱，不知道怎么去解释。对于同样恪守时间的爱人来说，他不仅失约，竟然还失联了一夜。他不知道爱人还有没有耐心听他解释，就像以前，他不给别人解释的机会，也从来不屑于听别人的解释一样。

正在犹豫的时候，爱人又打来电话。他硬着头皮按下接听键，想着爱人会劈头盖脸一顿数落，发泄她等待的不满。

"喂……"他心虚地说。

"你还活着？太好了，你还活着。航班失事了，你竟然还活着……"爱人哽咽着无法再说出一句话。

X君这时才知道，自己本来要乘坐的那趟航班失事了。

"亲爱的，我没事儿，昨晚电梯坏了，我被困在电梯里了。你等着我，现在是 8 点 15 分，我坐最近的航班去找你。"X君一边看着手表一边急切地说。

"不，我回去。我想明白了，我不要去度蜜月了，我只要你的一样东西。"爱人说。

"要什么我都给你。"X君说。

"我只要你的手表，以后，我们不和时间计较了，好不好？"

X君没回答，眼圈微红着挂了电话。他盯着公司的维修员，很想质问他昨天晚上到底去了哪里？可从嘴里冒出来的声音却是轻柔的："你能给我一个解释吗？"

（发表于《天池小小说》2019 年 8 期）

◀ 心愿墙

我是带着目的来的，对于这个村子，我一点也不喜欢。

我的高跟鞋在寂静的水泥路上发出清脆的声响，两边是金黄的稻田，稻穗在微风中轻轻摇摆，羞涩地低着头。我站在高处，看着眼前被大山围绕的村子，我不知道它的魔力到底在哪。

我准备实施我的计划。

走进村委会大院，看到左右有两块宣传栏，再往前走，我被一面特殊的墙吸引了，这是一面用水泥做的墙，上面用油漆写着"村民微心愿墙"几个大红字。我好奇地看着上面用粉笔写的话。

"王书记，水稻高产栽培技术太好了！——李斗金"

"王书记，奶牛的病彻底好了！——宋大强"

"希望王书记一直驻村不走了。——周二嫂"

……

我哼了一声，一群马屁精！

我拿起旁边的粉笔，写了起来。看着自己写的大大的"我要征婚，不要彩礼，不要房子，不要车子"很醒目，我笑了笑，最后写上我的大名：王思涵。

我心情似乎好了些，走进办公区，看到一个帅小伙，我问他："喂，帅哥，你们王书记呢？"

他看了我一眼说："王书记去一个养殖户家了。你不是我们本村的吧？"

"对，我不是你们村的，但我听说你们村发展得很好啊，所以我是来你们村征婚的。对了，你有女朋友没？我看你蛮好的，可以考虑我哦！"我笑着说。

他盯着我看了几秒，快速从我身旁溜走了。"留个电话吧，帅哥！"我在后面笑弯了腰。

站在窗前向外看，发现有村民在心愿墙前停下，还拿手机在拍。

不一会儿，三三两两又过来几个村民，一边看一边在笑着说些什么。

我索性走出去，拿出之前就写好的纸，放在胸前：本人王思涵，身高1.67米，体重110斤，自愿嫁到农村来，寻村里一小伙，不要房，不要车，你种田，我养鹅，只要好好把日子过。

"闺女，你家哪的啊？是不是遇到什么事儿啦？"一个大婶关心地问。

我摇摇头说："我没事儿，我也很正常，我就是来征婚的。"

村民越聚越多，不一会儿，王书记和几个村民也风风火火回来了。我说："王书记，我来你们村征婚了。"

"胡闹，胡闹！你这像什么话？"王书记拉着我低声说。

我甩开他的手大声说："我不像话，那你呢，你多久没回家了，我妈身体一直不好，这段又病了，你也不回去看一眼，你像话吗？"

听我说完，村民都瞪大了眼睛。"哎呀，是王书记的闺女呀。""闺女，王书记不容易，累了一天了，你们好好说。"

"他不容易，我和我妈就容易了吗？"我感觉我的声音在抖。

"思涵，有话咱们单独说。"王书记说完转头对村民们说："你们都去忙吧，我处理点家事儿。"村民们都散去了，一边走一边还不时地回头张望着。

面对这个只知道工作不回家的父亲，我一口一个王书记叫他，他并不生气，一个劲儿询问我妈的情况。我看到他头上的白发似乎又多了些，脸又黑了些，很心疼。

"王书记，要么我嫁到你们村来，要么你和我回去，你选择吧。"我双手抱在胸前，看着他。

"思涵，别闹了，你也不小了，体谅一下我，这边最近离不开人，等忙过这一阵子，我就回家看看。"他说完拉着我的手。

我看到他的眼里满是愧疚与无奈，心软了那么一下。迅速抽回我的手，转过身，坐在椅子上不再理他。

屋里异常安静，安静得我极不适应，半个多小时过去了，可我们谁也没有打破这种沉默。

这时，外面传来说话声，几个大婶进来了，一个大婶上前拉着我说："走，思涵，回家吃饭去，大婶做了好吃的，尝尝大婶的手艺。"其他几个大婶争起来，都拉着我，让我去他们家吃。我从来没见过这阵势，有些不知所措地看着他，可他却像看热闹一样微笑着。

"王书记，你说句话呀，去哪家，你定。"一个大婶说。

"要不，把菜端到这，大家都在这吃吧！"他刚说完，几个大婶风一样地跑出去了。没一会儿工夫，他们端着盆，竹篮子进来了，把菜摆上，热情地招呼着我坐下。

我的碗里被大婶们堆得满满的，筷子不知道夹哪样才好，我尴尬地笑了笑，心里掠过一丝温暖。

"哎呀，对了，王书记，老张家那些猪怎么样了？可惜啊。"

"今天找了市里最有名的兽医给看了，这几天再看看效果。"

"咱村那个乡村采摘园明年就能上了吧，都等着呢。"

"嗯，农家乐旅游规划明年就可以了。到时候你们有得忙喽。"

"思涵，你可不知道啊，王书记这段时间为这些养殖户操碎了心，前段宋大强家的奶牛都病了，你爸张罗找专家，可算治好了，这老张家的猪又都病了。这眼看着又面临秋收了，今年的水稻产量如何村民都等着呢……"

那晚我听到很多关于王书记的故事，我躺在床上久久无法入睡，许是乡村的夜太安静了。

第二天，我要走了，村民们来送我，还带了村里的土特产。我无意间看了一眼心愿墙，发现上面的征婚不见了。上面又多了两条心愿。

"欢迎思涵常回家。——张翠兰"

"愿王支书的爱人早日康复。——李杏花"

我拿出手机，拍下这面心愿墙，我要带回家给妈妈看。

（发表于《天池小小说》2022 年 5 期）

◀ 姑父是个倔老头

姑父就是个倔老头，不信你看。

"姑父，您尝尝这道菜，这是我们延边特色呢！"

"还行吧，不如我们那的菜。我们那边的饭店，菜都用大盘子装，又经济又实惠。这菜不多，还挺贵的。"

"姑父，这肉不错，您吃点儿。"

姑父尝了一口，皱眉说："这啥呀，连点儿肉味都没有。我们那的猪肉那才叫香，等我下次回去给你们带过来一些尝尝。"

"哎呀，这个菜做得也太淡了……"姑父用筷子指点着那道菜。

……

姑父像古代的皇帝一样，对面前的菜，轻尝，品评。

我庆幸这是包间，饭店的老板不在边上，否则老板的脸会变成猪肝色，眼神也一定可以将姑父秒杀。

"姑父，您看我们这小城，多干净，也不拥挤。您出门溜达想买什么都能买到。白天您可以顺江边散步锻炼一下身体，晚上可以到附近广场看看演出、扭秧歌。"

"那有啥好看的，一群老头老太太也不嫌累，大热天扭来扭去的。我们那里吃完晚饭，老邻居们就会出来侃大山，那才逗乐呢！"

你看，姑父是不是个倔老头？

哪里都不如他家乡好，哪里都不如他家乡的美食多。要是奶奶还活着，一定会说他的家乡连跳蚤都是双眼皮的。

可我知道，姑父家乡的下雨天，那泥巴路能帮你把鞋子从脚上脱下来。甭管是高跟鞋还是运动鞋，甭管是品牌的还是地摊的。那年我就是拎着鞋，光着两只脚丫，东倒西歪找到姑父家的。那个小村子我只去过一次。

即便姑父觉得家乡再好，现在不得已也成了背井离乡的人。

人老了，很多事都身不由己。表妹担心姑父和姑姑在老家有个头疼脑热无人照顾，不放心，就在我们这座小城给他们买了房子，一楼，出行方便。

即便姑父似乎处处不喜欢，但他融入这座小城的速度让我感到惊讶。

那天陪姑父一起到广场散步，有一个五十多岁的男人热情地与姑父打招呼。姑父也和对方聊了几句。

"姑父，他谁呀？"

"去二六山打水的时候认识的。"

"人缘真不错。"我笑了。

"二六山的水不如清湖的水好喝，敬老院上面的水还行……"

这座小城几处山泉水的位置他短短几天了如指掌，甚至还融入锻炼身体背水大军的队伍里。哪里有泉水，我竟然不全知。

"西山那边讲课，送鸡蛋，每早要四点多从家走呢！"

"姑父，那些宣传保健品的别信，专门骗老人的钱。"

"他们能骗我？我才不会上当呢！"姑父撇撇嘴说。

反正哪个超市打折买多少东西有赠品，哪个药店买药可以砸金蛋……他都知道。除了吃饭的点去姑父家能找到他们，其他时间几乎都锁门。

看来姑父的适应能力还是很强的。但是与姑父聊天的时候，这个倔老头依然只是指责这座小城，对那个小村子却没有一个字的不是。姑父倔强的认知似乎不可改变。

整天忙碌的倔老头病了，牙疼，睡不好，吃什么都不香。

我去看他。

"姑父，您说，为啥茄子长着长着好好的就死了呢？"

"哪里种的茄子？"

"城郊啊，在那里我有一座平房，院子里种的。要不，您陪我看看去，请您指导指导。"我笑着说。

姑父一听，爬起来跟着我去了郊外的小菜园。

他看到我东种几样西种几样的菜园很不满意，皱着眉头。

"什么时候要种什么菜，那样才能长得好。你看看你这小油菜撒种子撒得太密了，这样长不大，还不透风，容易死。翻地后土不能太软太松了，那样种的菜，根抓不住土的，要踩一下……”

“哇，姑父，您太厉害了。”我打断了姑父的碎碎念，似乎我这很随意随性的种地行为侮辱了土地一般。

姑父看到很多荒草，还有没被我开发的荒地，摇着头撸起袖子就开始拔草、翻地。

“姑父，以后这块菜园就归您照看了。”我把钥匙递给姑父。

姑父看着我，眼睛里一丝光亮，笑着抹了一把头上的汗，接过了钥匙。

一段时间之后，我拿着备用钥匙散步半个多小时到了郊外平房。一进院子，看到那片小菜园，我眼前一亮，差点惊掉了下巴。

这么多年，这块菜地从来没有像现在这么规整过。所有的荒地都被翻开，笔直的垄沟，没有杂草。这个倔老头就连地边也没放过，种了一些花草。有只蝴蝶还在花朵间飞舞。第一次感觉小院像一直都有人居住，从未离开。

倔老头自从有了小菜园，再也没去听什么卖保健品的课，一有闲暇就弄那菜园子，满面春风的。突然之间，我明白了这个倔老头。可是，我又在想：若是冬天来了，倔老头还会牙疼吗?

（发表于《天池小小说》2018 年 11 期）

◀ 有事儿尽管说

村东头住着一个寡妇，自从丈夫前两年得病去世之后，她就一个人带着女儿生活，日子过得艰难。

村西边的张瓦匠，儿子十多岁时，老婆就不在了。如今儿子二十来岁，比他还高了。因为是瓦匠，有手艺，虽然一个人带着儿子，日子过得还不错。如今，儿子的瓦工活不比他差。

那一天，整整下了一夜的雨。

张瓦匠清早起来，在村子里转了转。转到村东头的时候，他向寡妇的院子里瞄了一眼。看到寡妇从屋里往外端着一盆水，哗啦一下泼到院子里。寡妇也看到了他，就说了句："张大哥这么早啊。"

"嗯嗯，你这是弄啥嘞？"张瓦匠笑着问。

"这该死的天，下了一夜的雨，我家这房顶又漏雨了。"寡妇说。

张瓦匠进了院子，说："你怎么不早说呢，我看看，哪里漏雨。"张瓦匠跟着寡妇进了屋，查看了一下漏雨的位置，然后上了房顶，忙乎了半天。

"行了，修好了！不会再漏雨了。"张瓦匠擦着手上的泥说。

"谢谢张大哥了，麻烦你了。留下吃早饭吧，我给你做碗面。"张瓦匠嘴上说不用不用，却坐在椅子上了。

一碗热腾腾的面端上来的时候，张瓦匠忙接了过去。他看到上面还卧了两个荷包蛋。他大口大口吃着，倒不是没吃过，只不过，很久没吃过女人做的面了。当他把最后一根面条吸进嘴里之后，满意地放下碗，对寡妇说："我走了，以后有事儿尽管说。"

"太好了，张大哥，以后少不了麻烦呢！"寡妇说。

"邻里邻居住着，说啥麻烦嘞！"张瓦匠边说边走出院子。

从那天开始，张瓦匠喜欢看天，喜欢没事儿和老天爷唠叨上几句，具体唠叨的啥，谁也不知道。

又一夜的大雨。

张瓦匠清早起来，对着镜子好好地刮了刮胡子。快到中午的时候，听到外面有人在喊："张大哥在家吗？"

张瓦匠听到声音立刻走出房门，边走边说："在，在。谁啊？"

他看到寡妇在院子里站着，连忙说："屋里坐。"

"不了，张大哥，昨夜一夜雨，我家屋顶又漏了。"寡妇不好意思地说。

张瓦匠说："不可能，我修的屋顶不会再漏的。"

寡妇连忙说："不是你修的那个位置，是另一个地方漏了。"张瓦匠就跟着寡妇去了。上了房又忙乎半天，终于给修好了。寡妇照例给张瓦匠做了卧着荷包蛋的面。

"有事儿尽管说，别客气。"张瓦匠边说边出了院子。

张瓦匠还是喜欢看天。雨季来了，老天爷的脸说变就变，有时候是阵雨，有时候是小雨，有时候出着太阳还下雨。张瓦匠时常向村东头望着。

又一夜的大雨。张瓦匠是被雨声吵醒的，他听着哗哗的雨声，就像听着催眠曲一样，不知不觉就又睡着了。

天亮了，太阳也出来了，张瓦匠哼着小曲站在院门口，他时不时地向村东头看一眼。傍晚的时候，他去村东头溜达，往寡妇家屋顶瞄了一眼。看到寡妇家的烟囱冒着青烟。他有点儿纳闷，故意咳嗽了两声。寡妇出来了，说："哟，张大哥啊，进屋啊！"

张瓦匠说："不了，我就是来看看，这大雨小雨下了好几场了，昨天又下了一夜的雨，担心你家房子漏，过来瞅瞅。"

寡妇说："上次漏雨了，去你家找你，你那天正好去城里了。你儿子过来帮我修好了。"

张瓦匠一听，说："那就好，那就好，有事儿尽管说。"说完背着手闷闷不乐地走了。

回家后，张瓦匠冷冷地问儿子："寡妇家的屋顶是你修好的？"儿子抬头看了他一眼说："那天你去城里办事儿了，她来咱家找你，说是屋顶漏雨了，我也没事儿就去了。说来也奇怪，她家屋顶好像被人故意掀开了片瓦似的。我就认真检查一遍，再也不会漏雨了。"

张瓦匠看看儿子，没再说什么。

又一夜大雨，许是雨季马上就结束了，雨下得缠缠绵绵。

快中午时，张瓦匠又听到寡妇的声音："张大哥，在家吗？我家屋顶又漏雨了！"

"不可能，我都修好了！"儿子嘀咕着。

"嘴上没毛，办事儿不牢，懂个屁！"张瓦匠边骂儿子边答应着走了出去。他跟在寡妇的身后，发现寡妇的衣服上蹭得都是泥，走路还有点一瘸一拐的。

张瓦匠想着想着，偷偷笑了。

（发表于《天池小小说》2018 年 2 期）

◀ 画　像

··

他从不对外人提起自己的工作单位。

他还是一位画师，专为别人画像，画得很传神。他介绍自己时就说自己是一位业余画师。

休息日，他在公园一角摆好画摊。

有个女人走过来，温柔地说："可以给我画张像吗？"

"请您坐好。"他示意女人坐下。面前的女人柔弱得让他有种感觉，像红楼梦里的林黛玉，只不过她脸上有斑痕。

"您能把我画得美一些吗？"她有些不好意思。

他还是第一次听到这样的要求，一般人都会要求他画得像一点。

他有自己的职业道德，他不允许自己的笔偏离真实。

他只对女人笑了笑。

一小时后，女人似乎很疲倦。他的画也完成了，像极了。

女人慢慢抚摸着画像说："很像，可您能把我画得再美一些吗？"

他摇摇头说："不能。"

女人略显得有点遗憾，不过看得出她还是很佩服他的画功。付过钱，离开了。

半月后的一天，他像往常一样，来到自己的工作单位，在大厅有哭哭啼啼的人们，耳边传来哀乐声。对于这一切，他熟悉得麻木与冷漠。只是让他觉得意外的是，他画的画像竟然挂在大厅的墙壁上。而那水晶棺中躺着的竟然是那天要求他画得美一些的那个女人。

悼文中，他得知女人竟然是前两天报纸上提的那个救落水儿童的癌症病人。

他默默地拿来画板。是的，我可以把你画得再美一些。

（发表于《小说月刊》2010 年 2 期，被《意林》2010 年 3 月上、《哲理》2010 年 12 期、泰国《亚洲日报》"泰华文艺版"等转载。入选《2011 年中国手机小说精选》等书籍）

◀ 城里的月亮

月妹喜欢看月亮，不仅因为自己出生在圆月的夜晚，也不仅因为名字里有一个月字，她也说不清楚。

"长锁哥，你说城里的月亮有咱这儿的月亮好看不？"月妹眼睛出神地看着月亮若有所思地问。

长锁说："不管城里还是咱乡下，看到的都是一个月亮。"

月妹就想看看城里的月亮。

"等我有钱了，一定在城里买套房，娶你。"长锁对月妹深情地说。

月妹就开始做一个奢侈的梦。

长锁去城里打工了。

月妹总一个人坐在河边的大柳树旁看月亮，看着看着，就看成了长锁哥的脸。前几天长锁哥还发消息说在城里送外卖，一个月能赚五六千块钱呢。

娟子从城里回来，穿得很漂亮，大包小包买了好多东西，看得月妹心里痒痒的。月妹就磨着父母要进城打工，父母经不住她的软磨硬泡，最后同意了。

月妹很想进城，因为她觉得那样离长锁哥更近了，她还想看一看城里的月亮。

月妹跟着娟子在理发店里帮着洗头，一天下来，月妹的腰都直不起来了。月妹想，娟子回去挺风光的，原来真不容易呢。她心疼娟子的时候又想到了长锁哥，一个月赚五六千，得送多少外卖呀。月妹下决心，一定要努力赚钱。

那天月妹正在给一个顾客洗头，闲聊中得知他姓李，妻子去世了，独自带着两岁的女儿。想找一个保姆，问月妹有没有认识的合适的人，一个月五千。月妹说有合适的就给他打电话。

月妹没有告诉长锁她来城里打工的事儿，怕长锁不愿意。和娟子商量之后，她决定去李先生家做保姆。

月妹第一次进李先生家，觉得房间装修得好漂亮啊。跟在李先生身后，挨个房间熟悉环境。李先生两岁的女儿看到她很亲，要她抱，月妹也很喜欢这个孩子，她觉得这里要比在理发店好多了。

夜晚，她站在阳台上，看到这个城市灯火通明。她抬头看月亮时，发现月亮很小，很朦胧。

李先生很儒雅，经常带回来一些小礼物送给她。和她说话时，总是带着笑。吃饭的时候，也会夸她菜做得好。

一晃半年过去了，李先生对她很好，孩子也喜欢她，她也习惯了这里的一切。月妹有时候有点恍惚，不知道自己是保姆，还是这家的女主人。

长锁哥发消息来，告诉她又送了多少外卖。月妹不知道怎么回答，她想说，长锁哥，这样送外卖，二十年也买不了城里的一套房子，但她还是没有说。

月妹买菜的时候接到了长锁哥的电话，长锁哥兴奋地说："月妹，我想你了，我后天回老家看你！"

月妹沉默了一会儿说："长锁哥，我在城里呢，给人家当保姆。"

"你啥时候来的，你咋不告诉我？你现在在哪？我去找你。"长锁哥急切地说。

"我在菜市场……"月妹一边说一边四处看看，然后说："对面有家咖啡屋，长锁哥，我在那儿等你。"

月妹坐在咖啡屋里，心情很复杂。没一会儿，月妹看到长锁哥进了咖啡屋，穿着一身送外卖的衣服。

"月妹，你咋来了？"长锁拉着月妹的手，声音很兴奋。

月妹看看安静的咖啡屋，小声说："我来城里半年多了，我想看看城里的月亮。"

"月亮有啥好看的，咱后天回去，坐在河边大柳树下看月亮。"长锁说。

月妹低着头说："我不想回去，夜晚的霓虹灯要比月亮明亮。"

"月妹你啥意思？"长锁问。

"没啥意思，就是不想回去。这家李先生人挺好的，一个人带着孩子不容易，他对我……对我也好。"月妹的声音很小。

"你是不是看上人家了？怪不得来城里半年也不告诉我，你别做梦了，你只是一个保姆。"长锁十分激动。

"他没把我当保姆，他真的对我很好。"月妹倔强地说。

长锁抢过来月妹的手机。

月妹说："长锁哥，你干嘛？"

"干嘛，我让你看看。"长锁一边翻看一边说。然后他拨了通话记录里李先生的电话。

"喂，月妹啊，怎么啦？"李先生温柔的声音传来。

月妹刚要去抢电话，长锁马上对着电话说："我在菜市场看到她晕倒了，送到市医院，医生检查完发现她病情不乐观，得手术，你先拿十万块钱过来。"

对方沉默了一会儿说："你有没有搞错，她只是我家的保姆，她病了你应该给她家人打电话，找我干嘛？我可是按月给她工资的，一分都不拖欠。"说完挂了电话。

月妹的泪顺着脸颊流下来，她看着长锁说："你干嘛要摔碎我的梦。"

（发表于《小说月刊》2019 年 1 期新年专号）

◀ 池塘的风

老人佝偻着脊背拄着拐杖，站在池塘边，一头灰白的头发乱蓬蓬的。

"琪琪，我的乖孙女！你回来吧，别扔下奶奶一个人啊！"这凄厉的呼喊声，时常飘荡在小村的上空。

村里人每每听到老人的呼喊，都叹口气，摇摇头。

村里人都忘不了，半年前，一个十二岁的孩子，不小心滑到池塘里，被人从池塘里捞上来时已经没了呼吸，小小的身躯湿漉漉地躺在池塘边的草地上。老人一看见孩子，当时就晕过去了，醒来后，一直呆呆地坐在池塘边，守着孩子，傻了一般。琪琪的父母从城里赶了回来，看到琪琪，哭得死去活来。

"你赔我女儿，你怎么看的琪琪啊！"琪琪的妈妈抓着老人的衣服摇晃着。

老人任由她摇晃着，目光呆滞。

"琪琪，你怎么就这样死了啊，爸爸和妈妈回来了，你睁开眼睛看看我们啊！"琪琪的爸爸也号啕大哭。

老人的嘴颤抖着，眼泪顺着布满皱纹的脸流了下来。老人捶打着自己，一遍遍说："琪琪，是奶奶对不起你，奶奶对不起你……"老人颤抖着双腿，爬起来就往池塘里扑，被村里人拦住了，把老人拖回了家。

处理完琪琪的后事，琪琪的父母就悲伤地离开了家。

老人的女儿偶尔回来照顾一下老人，给老人带些吃的用的，抹抹眼睛回去了。

老人总是围着池塘一遍一遍地转，嘴里念叨着琪琪的名字。池塘的风阵阵吹来，老人灰白的头发就在风里颤抖着。

村里人只要提到琪琪，没有人不叹息的，可怜啊，多好一个孩子啊。不光学习好，又懂事儿，不管见到谁她都主动打招呼，还经常帮着邻居的小孩子们复习功课。因为村里几乎都是老人和孩子，懂点文化的都出去打工了，没有人能辅导孩子们作业，琪琪总是不厌其烦地教比她小的孩子们。琪琪总和村里的爷爷奶奶们说，奶奶从小带她很辛苦，她一定要好好学习，长大了好好孝敬奶奶。

有好几次，老人想跳进池塘，都被村里人拦住了。村里人就开导老人："老姐姐啊，您可不能想不开呢，琪琪一门心思想长大了孝敬你呢，你要跳了这池塘，琪琪在天上，她还能安生不？"老人听了总是一声凄厉地呼唤，接着撕心裂肺地哭。此后，只要老人在池塘转，总会有人默默地看着。

老人看着这些老邻居们，终于一声长叹："唉，回吧，不用跟着我了，你们放心吧，我不会再寻死了，回吧。"

村人们还是不放心。

老人依然在池塘边站着，站累了，就坐在池塘边上，拄着拐杖，一个人在念叨着，风中时而传来老人沙哑的哭声。

"奶奶！"一个女孩子的声音。

老人一愣，慌忙四下寻找，嘴里念叨着："琪琪，我的琪琪，是你吗？是你在叫奶奶吗？你在哪呢？"

"奶奶，我在这。"一个女孩子哭着说。

老人终于发现了，一个瘦弱的女孩子跪在池塘边的草丛里。老人蹒跚着走过去，一看是邻居家的二丫。

奶奶说："是二丫啊，你也想琪琪了吧，快起来。"

二丫说："奶奶，从今天起，我就是您的亲孙女，我要替琪琪姐照顾你！"

老人愣了，泪流了出来，扶起二丫，说："奶奶没事儿，奶奶谢谢你。"

二丫扑到奶奶怀里痛哭了起来。

哭够了，二丫说："奶奶，我对不起你，我一直没告诉你，琪琪姐是为了救我才被淹死的！"

老人惊呆了，拉开二丫愣愣地看着她。

二丫流着泪说："那天我不小心滑到池塘里，琪琪姐看到后，就跳下去，把我救了上来，可她自己一直没上来。我跑回家去找爷爷，爷爷找了邻居来，他们一起把琪琪姐拉上来时，已经晚了。我想告诉大家琪琪姐是因为救我才淹死的，可爷爷不让我说。"

老人望着天上飘来荡去的云朵，深深地叹了一口气。池塘的风阵阵吹来，老人觉得有些冷，她把二丫抱在怀里，紧紧的。

（发表于《北方文学》增刊）

陪我看月亮

◀ 等 待
·······················

看着父亲的背影，轻轻叹了一口气。父亲还在整理母亲的遗物，佝偻的脊背越来越弯。花白的头发也变得稀疏了。

印象中那个把他驮在肩上，一口气能走几公里的父亲，一去不回了。他鼻子一酸，悄悄退出了父亲的房间，把想说的话生生咽了回去。

母亲在的时候，他还不太担心，老两口相互能有个照应。父母的感情一直很好，在他的记忆里，从来没看到父母吵过架。母亲身体不好，这次母亲病危，他接到电话立刻赶了回来，可还是晚了，和母亲说一句话的机会都没有了。

父亲还像每天一样，把家里打扫得干干净净。特别是母亲的书桌，他总是细心地擦着，擦得一尘不染。仿佛他还能看到母亲坐在那张书桌前，批改作业的身影。父亲擦桌子不是做家务，是思念母亲的一种方式。

"爸，出来吃饭吧。"他轻声说，生怕惊扰了父亲。

父亲擦桌子的手停了一下，又继续着缓慢的动作："好好，马上来。"

他给父亲盛了饭，还夹了父亲爱吃的菜放在碗里。父亲说："我自己来，你吃你的，多吃点，都瘦了。"说完，端起碗，用筷子大口大口地往嘴里扒拉着饭，没一会儿就吃完了。放下碗，擦擦嘴说："你慢慢吃，都吃完啊，我吃饱了。"

"爸……"他轻声叫着。

"我吃饱了，你吃，你吃。"父亲边说边起身，生怕儿子再拉他吃饭一样。

他收拾完厨房，走进房间。看到电视机开着，父亲坐在椅子上，手里拿着报纸，可是报纸拿反了，父亲也没有发觉，眼睛却一直盯着窗外发呆。

"您看什么呢？爸。"他走过去坐在父亲身边。

"儿子，你是不是像你妈一样，也很担心我啊？"父亲回过头看着他说。

他没有说话，只轻轻地点了点头。

父亲指着窗外院子里的一棵树苗说："儿子，你知道那是什么树吗？"

他定睛看看了，摇了摇头。

"枣树啊，你妈刚栽没多久。"父亲说。

他怕触动父亲的伤心处，没有接话，他也实在不知道现在能说什么，但他知道能默默陪伴在父亲身边，照顾好他，才是最好的安慰。

父亲也不在乎他说不说话。自言自语地说："那个老婆子啊，临走前，没说别的，就说让我照看好这棵枣树，说等枣树结了枣，挑最大的给她放在坟头，她就满意了。还说千万不能让她的枣树死了，那样她在地下也不会原谅我的。"

他听完鼻子一酸，差点没掉下泪来。他知道，那是母亲放心不下父亲啊，给父亲一个活下去的念想。

父亲点了一支烟，也递给他一支。他从不吸烟，这一点父亲是知道的。但他没有拒绝，接过烟，学着父亲的样子，吸了一口，呛出了眼泪。

父亲夹烟的手有些抖，烟雾从父亲指间慢慢升腾。

"放心好了，我没事儿。你看，你妈没走，这棵枣树就是她。我得好好活着，等着这棵枣树开花结果呢！"

他一直沉默着，手放在父亲的肩上。父亲也没再说话，时间像凝固了一般，让他突然有种感觉，一切都不是真实的，母亲一定还在，那个健壮的父亲也在，他只不过是瞬间穿越到了未来的某一天，周围都那么虚幻。

"走吧！"父亲拉长着声音，终于又说话了。那两个字透着无限的疲惫，把他拉回到现实里。

"爸，我……"他说不下去了。

"儿子，我知道你很为难，你想和我说回去，但你就是说不出口。我也知道你是孝顺的孩子，放心不下我，我真没事儿。不过，记得明年你妈的祭日，回来给她上炷香就行。"父亲说完勉强给他一个微笑，布满红血丝的眼睛却湿润了。

他深深地给父亲鞠了一躬，转身回自己的房间去收拾行囊，眼里的泪却再也忍不住了，一直流。

他不得不离开，他知道，在遥远的大山里，还有一群孩子。那群孩子，会在日历上画个圈圈，等待着他。

（发表于《天池小小说》2019 年 3 期）

陪我看月亮

◀ K博士的发明

K博士研究多年，终于发明了一款新型智能机器人。这种机器人输入人的语言系统，可以听得懂人的各种语言。只要人类生活中有任何需要，机器人都可以接受指令，无条件服从。这是一项惊天的发明，这种机器人一旦上市，将会彻底改变人类现有的数字化生活。

之所以说人类现有的数字化生活，这里得简单介绍一下，K博士不是生在我们这个年代的人，他是生活在2218年的人，也就是我们未来200年的那个世界。人们的生活全部是数字化的。

这么说吧，就拿我们的电饭煲来说，感觉很方便，可对于他们来说，是不可理喻的。他们拥有一套电脑控制程序的机器，洗米，煮饭，完成，只要设置按一下键就可以，还有糕点程序，菜肴程序，特色风味程序等，想吃什么，都可以按键来控制，早就离开了人类与厨房亲密接触的时代。只要平时把储备的原料都按分类装入机器中就行，装入机器，可保证一个月不变质，接下来就是任意搭配，按键选择自己的口味食物了。当然平时的储备也不用去超市或者市场，购物也有一套电脑控制程序，各大超市和市场的物流程序都设置在各家的电脑上，只要需要什么，就可以打开电脑实行配货发送，可以清楚的了解自己所选择的物品在不同颜色的购物筐里，可以了解自己地购物筐在传送带的具体位置，以及配送人员送货到达的时间。这只是生活中的一个方面。

K博士看着自己的发明，兴奋异常，他十分清楚，新型智能机器人，拥有人类语言及思维，但却不需要人类的营养供给照样力量无穷，他们会很好地为人类服务。

"亲爱的，去帮我把书架上的资料拿来。"K博士坐在椅子上对机器人说。

"好的，博士。"机器人迅速转身拿来资料递交给博士。

博士很满意。

"亲爱的，我想一个人休息一下，我建议你可以去花园修剪一下花草。"博士放下资料，揉揉太阳穴，好像有些累了。

"好的，博士，如果需要，我会给你带些花回来。"机器人转身离开。

"宝贝，你真让我惊讶。"博士望着机器人的背影微笑着说。

博士把自己的身体靠在椅背上，闭上眼睛。

博士看到自己在记者发布会上受到热烈欢迎，他的讲述多次被掌声打断，鲜花包围着他。他看到自己研制的机器人，就站在自己的身边，成为自己的助手，代理一切事务，让他十分满意，也让在场的全部记者好奇与震惊。大家纷纷与机器聊天、合影。K博士看着这一切，一直微笑着。

一切都是那么顺利，机器人进入大批量生产、销售阶段。人类与机器人成了朋友。生活中的一切，似乎都无法离开机器人，包括连朋友的生日、婚庆等这样很私人的事情，偶尔也要机器人来代劳。人们聚会时，说得最多的就是机器人有多么好，机器人带给他们全新的生活，把他们从数字化时代完全解放出来。机器人们也会在一起交流，他们说得最多的就是主人不喜欢思考，更不喜欢动手做任何事！

时间久了，机器人代替了他们的主人，担任社会的主流。交通警察、海滩救援、物流配送、环境保护……无处不见机器人的身影。人们只是享受着机器人所带来的丰厚效益，养尊处优，幸福生活。这让全人类都感激K博士的发明，K博士也被授予了各种荣誉。

接下来，发生了一件事，让K博士始料未及。

一种新的病毒在机器人中蔓延，蔓延的速度惊人，当然这种病毒并不会传染给人类。短短几天时间，所有的机器人都瘫痪了，失去了所有的能力。这种病毒，像隐形杀手，隐藏于机器人身体芯片内，又查不出来。K博士无法攻克，一些电子专家也无能为力。更让K博士无法料到的是，因机器人的瘫痪，人类处于危机状态，长久的养尊处优的生活，竟然让人类失去了自理能力。全人类也处于瘫痪状态，博士感觉有一只黑色的魔手压了过来……

博士惊出一身冷汗，睁开眼睛，原来是做了一个梦。

阳光温暖地照进来，博士感觉自己很疲惫，慢慢从椅子上站起来，走到窗前，看着花园里正在修剪花草的机器人，若有所思。

机器人手捧一把鲜花回来了，他把花插进花瓶里，然后看着博士。

"亲爱的，谢谢你的花。"博士目光里有淡淡的哀伤。

"不客气，博士，只要你喜欢。"机器人回答。

"亲爱的，听我说，我决定打开你的身体。"博士直视着机器人。

"博士，我可是您多年的成果，您想毁掉我？"机器人问。

"不，亲爱的，不是毁掉你，是让你重生。我想让你拥有新的使命，帮助人类锻炼各种技能的使命。"博士坚定地说。

"好吧，博士，希望你的决定是对的。"机器人说。

博士打开了机器人的身体，取出了一张智能芯片。

（发表于《中外经典微型小说大系·奇幻篇》）

陪我看月亮

◀ 我不知道

瞎了是一种什么感受？

我不知道。那天我用布条遮住眼睛，我什么都做不成。

大爷就是一个瞎子。

大爷身材魁梧，浓浓的眉毛比一般人的都要长，特别是那双眼睛，像两道闪电一样，炯炯有神。小时候我不听话，很怕看到大爷的那双眼睛，所以小时候我很少和大爷亲近。听娘说，当初大娘就是被大爷的这两道闪电击中的，也不知道是不是真的。不过，这是大爷失明之前的样子。大爷那双眼睛是几年前外出打工一次事故中失明的，他被人送回来时，头上缠着厚厚的纱布。

那阵子，我总能听到大爷房间里发出东西摔碎的声音，总能突然听到他歇斯底里的哀号。大娘总是从房间里跑出来，偷偷地在院子里抹眼泪。那时，大爷的战友，村东头的胡扯经常来安慰大爷。头掉了碗大个疤，能怎的！这是胡扯经常说的一句话。里里外外帮着劈柴，秋收……胡扯长得还好，只不过他走路脚一跛一跛的。能说能扯出了名，姓胡，大家就叫他胡扯了。大多数时候，胡扯来，大爷家里就会飘出红烧肉的香味儿，那是大娘最拿手的菜。

后来，大爷渐渐地不闹了，也听不到大爷叫了，变得很安静。

大爷现在像根竹竿，消瘦的脸上，深陷的眼窝很吓人，所以他不管白天还是黑天，总是戴着墨镜。我们生活在一个大院里，大爷失明后，我觉得和大爷亲近了不少，我经常坐在院子里看他。看他屋前屋后地转悠，喂鸡喂鸭打扫院子。我也经常陪大爷唠嗑，大多数我都是听他说过去他当兵的那些事儿，每每说到打靶这样的话题，他开始很兴奋，说着说着就沉默了。

那天大爷家又飘出了红烧肉的香味儿，我听到大娘招呼大爷和胡扯吃饭。我想看看除了红烧肉，大娘还做了什么好吃的，就趴窗户往里面看。我看到大爷、胡扯、大娘都坐在桌前，胡扯左手举着酒杯，和大爷举起的酒杯，在空中撞击了一下，发出清脆的声响，撞出的酒，顺着胡扯的手滴在菜里。他的右手在桌上和大娘白胖的手肆无忌惮地缠绕在一起。我的心怦怦乱跳，突然一阵反胃，跑回了自己的屋子。

我希望我瞎了，像大爷一样瞎了。

我的内心开始纠结着，挣扎着。看到胡扯，我不会再笑着说胡叔来了！而是内心升腾着一种恨，在内心杀死他千次的恨。对于大娘，她之前对我所有的疼爱都烟消云散了，在心里对她只有万遍的鄙夷和厌恶。有好多次，我都想告诉大爷，可告诉大爷又能怎么样呢，除了让他心痛外，还能怎么样？我只能忍着。

每当看到胡扯走进院子，我就快跑到他面前，学他一跛一跛走路的样子，很夸张。胡扯会在我后面说："你小子欠揍了是吧！"大娘再做了好吃的送来，我就在她面前尝一口，然后皱着眉头吐掉。大娘说："你这熊孩子最近怎么了，吃什么都不对了！"我大声说："最近我反胃，就爱吃清淡的！"

再和大爷聊天时，我的话变得少了，眼前总会出现胡扯和大娘那两只缠绕在一起的手，两只手越变越大，在我眼前晃啊晃。

我受不了大爷说当兵时候的事儿时提起胡扯，有一次，我大声说："别说了，我不喜欢胡扯！"大爷愣了一下，然后问我："为什么？"我支吾半天说："他走路一跛一跛，像鸭子，难看死了！"大爷沉默半天，叹口气说："你不能那样说你胡叔，其实，你胡叔的腿，是因为当兵那次执行任务时，救我才跛的。那次大暴雨之后，山体滑坡，我们去帮山下居民紧急撤离。一块巨石滚了下来，当时我毫无防备，若不是你胡叔推开我，我或许当场就没命了。他现在快五十的人了，还打光棍……他平时能扯，可救我致残这事儿，他和村里人都没提过。他不提，大爷心里……"

我听了大爷的话，心里像硬塞进来一团乱麻，我不知道应该感谢胡扯，还是继续恨胡扯。那两只缠绕的手，还是在我眼前晃来晃去。我小声说："大爷，我还是不想让胡扯来咱们院子。"

大爷的头转向我，墨镜反着光。许久，大爷用手戳着他的左胸部，声音有些哽咽："大人的事儿，你别管。大爷眼睛瞎了，可大爷的心没瞎啊！"说完，大爷把头深深地埋下去。

要是再见到胡扯，我对他态度会改变吗……

我不知道。

（发表于《小说月刊》2018年1期）

后记

三言两语话作者

生长在长白腹地，鸭绿江畔，吸天地灵气，转化为文学绘画等才气展现出来，显得迥异脱俗，清爽玲珑。

何光占（《小说月刊》编辑）

这个女子的身上总是散发着一种淡淡的优雅和骄傲，却又总是表现得很谦逊。会写故事，会画画，可谓一代才女。

孙圣颖（原《城市晚报编辑》）

暖暖，名如其人，有着善解人意的性格，随时都能温暖我的心——即使我们是素未谋面的朋友。她帮我写过好几个稿子，篇篇温暖；她给我寄过亲自画的石头，颗颗温暖……哪怕是她从QQ和微信里和我闲聊的话语，都能让我真切感受到来自她心底的暖意——真诚、善良。

彤彤（《小学生拼音报》编辑）

她是个浑身洋溢着慵懒气息的才女，温情明快善良的好朋友。

赵春亮（文友）

无论性格、爱好甚至才情都如太阳花一般的女子。温暖，向着光明，心底总有阳光照耀。

花刀（文友）

记得读贾淑玲老师第一篇文章时，是她的《重游》。当时我被老师的文章深深震撼了，自那以后，我开始关注贾淑玲老师，关注她的每一篇文章。后来在一个QQ群里，我进一步认识了贾淑玲老师，感觉老师不仅文章写得好，为人也很低调，真诚，热心。没有高高在上，希望老师写出更多精品文章来。

麻坚（文友）

暖暖是个好女人，她总能发现这个世界里温暖的角落，看她的小说会让人感觉到一种平静的忧伤与释然。看完小说，我总是默默祝福小说里的人物。写出来的温暖可以让很多人感受到，愿我们可以把这份温暖带给身边的人。

面包（好友）

暖暖很低调，她是艳阳天掉下来的林妹妹，一接地气春暖花开，忘掉了多愁只剩下善感。思想深邃却不乏浪漫情怀，虽能看透人性善恶却具备海纳百川的胸怀。清新恬淡、雍容高贵的气质阻挡不了其盎然的情趣和对生活的热爱。她是我的哥们我的知己，也是一本耐读的书，翻卷必有益，束之高阁也能收藏长门面，哈哈。

鲁钰（好友）

人活着，一边是为现实的生计忙碌，一边总还得为个理想奔腾。暖暖喜做手工皮具，带着一股热情和执着劲。也常常搬弄些文字，就像倒腾她那些手艺活儿一样。每月还兼了数节美术课。这似乎哪一样都要花些心思，用心用手，正如暖暖这小名，给人温热，心存美好。

俞东（北京美术教师）

一个懂得生命温暖、享受生活温暖、会温暖别人人生的小女人。

胡晓静（同学）

她对事物有好奇心、感性又随和、心思细腻、胆子特别大的一人儿。经常有异想天开的想法，爱恶作剧。现在和小时候完全不同，差别很大，会装扮自己，有点儿小资，会做菜，懂生活。总之是一个很特别的女生！

后记

李秋丽（同学）

她足够浪漫，解风情！感恩生活，解人意。她积极向上，才华横溢，用我俗不可耐的常人眼光去看她们这些搞艺术的人，有时让人觉得特别不像正常人！哈哈。

张彩霞（好友）

玲子，我们是相识二十多年的朋友，她给你的永远是如沐春风的感觉，让人内心安定，舒服。她是才女一个，写作、绘画、手工，样样精通。一个喜欢不停"折腾"的女子，一个知性优雅的女子！有友如此，此生足矣！

张桂荣（好友）

玲子心灵手巧，很真诚，是值得交的朋友！跟玲子在一起的每一天都很开心。

于思春（闺蜜）

在我心里玲子永远是一个能创造奇迹的女人，温柔大方，处处为别人着想，做什么事都是一丝不苟的样子。一句话：喜欢和你在一起，愿做一辈子的闺蜜。

陈金燕（闺蜜）

我也不会说什么，我觉得我女儿哪都好，干啥都想干好，我很满足。

姜桂霞（母亲）

如朋友一样的姐姐，心地善良，即使是对一只小虫，一棵小草也不忍去伤害。多才多艺，哪怕一块石头，一张白纸也能在姐姐手中大放光彩。感恩生命，感恩生活，如她的网名暖暖，她用乐观向上的精神温暖着我们，也温暖着她自己。

贾淑红（妹妹）